PHILIPPE LAUZUN

Secrétaire perpétuel de la Société des Sciences, Lettres et Arts d'Agen
Président de la Société archéologique du Gers
Correspondant du Ministère de l'Instruction publique et des Beaux-Arts

George Sand
en Gascogne

AGEN

MAISON D'ÉDITION ET IMPRIMERIE MODERNE
Rue Voltaire, 43

—

1916

© 2023 SHS Editions
Le portail des sciences humaines et sociales
Illustration de couverture : © domaine public
Edition : SHS éditions (Hérault, 34)
Contact : infos@culturea.fr
Imprimé en Allemagne par Books on Demand
In de Tarpen 42, Norderstedt.
Design typographique : Derek Murphy
Layout : Reedsy (https://reedsy.com/)
ISBN : 9791041955176
Dépôt légal : Décembre 2023
Tous droits réservés pour tous pays

GEORGE SAND

d'après le dessin de Th. Couture
gravé par M. Manceau

GEORGE SAND EN GASCOGNE

Il est dans la destinée de la plupart des auteurs, fussent-ils les plus illustres, de voir, presque toujours après leur mort, souvent même de leur vivant, au déclin de leur existence ainsi attristée, leur gloire littéraire peu à peu s'obscurcir, et, sous un souffle nouveau, sembler tout à fait disparaître. La rafale n'est que passagère. Comme la fleur du jardin, si un moment elle a courbé la tête, elle se relève bien vite au premier rayon du soleil, plus vigoureuse, plus odorante que jamais.

Ce qui est arrivé pour Chateaubriand, pour Làmartine, pour presque toutes les étoiles de la pléiade romantique, George Sand ne pouvait l'éviter. Sous la néfaste influence du naturalisme, de Zola et de sa triste école, ses œuvres sont restées un instant, sinon méconnues, du moins dédaignées des nouvelles générations. Mais une réaction incontestable s'est déjà produite, qui les ramène, «dégoutées de la littérature brutale, vers une conception plus vraie du roman d'autrefois », telle que se l'était faite l'auteur de *Lélia*, de *Mauprat*, de *Consuelo*, du *Marquis de Villemer*, et qui, au dire de M. René Doumie « peut se résumer dans ces quelques mots : charmer, émouvoir, consoler ! »

Pour ces seules raisons, l'œuvre de George Sand sera immortelle. Et, non seulement ne cesseront de l'admirer les esprits supérieurs, friands de l'élégance du style, de la noblesse des sentiments, de la beauté artistique, mais ils s'intéresseront aussi à tout ce qui concerne son auteur.

Et c'est pourquoi nous avons cru bon de rappeler en ce moment ici, nous pourrions dire de faire connaître, aux lecteurs de cette Revue les heures que cette femme de génie a vécues dans notre région gasconne, les impressions qu'elle y a éprouvées durant les premières années de son mariage, impressions que du reste elle a consignées elle-même, les souvenirs divers qu'elle y a laissés.

A cette fin, nous nous servirons, en en citant de nombreux extraits, des pages si pittoresques de l'*Histoire de ma vie*, des renseignements particuliers que nous avons pu nous proeurer aux sources mêmes des lieux qu'elle a habités, du témoignage des derniers survivants de ses contemporains, de documents nouveaux enfin, d'une importance capitale, puisqu'il s'agit des premières lettres écrites à son mari, correspondance entièrement inédite, dont la lecture a laissé dans notre mémoire des traces assez précises pour que nous puissions, sinon hélas ! en reproduire in extenso les admirables passages, du moins en faire connaître le sens et l'esprit.

Ce n'est donc pas de George Sand à proprement parler dont nous allons nous occuper dans cette étude, mais bien seulement de la baronne Dudevant.

I

LE MARIAGE

Au mois de septembre 1822, Aurore Dupin épousa, à Paris, Casimir Dudevant.

Née le 1er juillet 1804, dans le faubourg du Temple, au numéro 15 de la rue Meslay, Lucile-Alexandrine-Aurore Dupin était la fille légitime de Maurice Dupin de Francueil et de Sophie-Victorine Delaborde.

Par son père, elle descendait de Maurice de Saxe, fils naturel d'Auguste II, roi de Pologne, et de la belle Aurore de Kœnigsmark. A son tour, le glorieux vainqueur de Fontenoy eut d'une de ses maîtresses, l'aînée des demoiselles de Verrières, une fille naturelle, Marie Aurore de Saxe, mariée en premières noces au comte de Horn, bâtard de Louis XV, dont elle n'eut pas d'enfants, puis, en secondes noces, à un vieux gentilhomme Dupin de Francueil, amant de la seconde des sœurs de Verrières, qui la rendit mère d'un fils Maurice, le père de la future George Sand (1).

De cette lignée, fort incorrecte, Maurice Dupin se trouvait le seul enfant légitime. Tous les autres n'étaient qu'enfants naturels. Après tout, « tous les enfants ne sont-ils pas naturels ? », est-il dit dans le *Monde où l'on s'ennuie*, ainsi que l'a rappelé si spirituellement M. René Doumic au cours de ses huit conférences sur George Sand ? Et ce qu'il y a de plus curieux, c'est que le fiancé d'Aurore, Casimir Dudevant, était. lui aussi, un enfant naturel. Comment s'étonner, après cela, que George Sand ait toujours eu un faible pour l'union libre et ce qui pouvait en découler.

Si donc par son père Aurore Dupin, issue des rois de Pologne, avait du sang d'aristocrate, par sa mère en revanche elle était « peuple », Sophie-Victoire Delaborde ayant été « modiste, la petite-fille d'un marchand de serins et chardonnerets du quai des Oiseaux, qui avait tenu un estaminet, et l'arrière-petite-fille de la mère Cloquart ».

C'est entre ces deux femmes, d'allures si différentes, qu'Aurore passa son enfance, ballotée en sens divers par leurs deux influences. Sa grand'mère, Marie-Aurore de Saxe, « type, sinon de la grande dame, du moins de l'élégante, dans la seconde moitié du xviii° siècle », artiste, musicienne, fort instruite, enfermée sous la Terreur au couvent des Anglaises de

---

(1) Dupin de Francueil était fils de Claude Dupin, économiste et fermier général sous Louis XV. Il devint, comme son père, fermier général dans les dernières années qui précédèrent la Révolution. Est-ce comme attaché à la maison de Bouillon, qui était à ce moment encore propriétaire du duché d'Albret, qu'il releva pour elle le plan du vieux château d'Henri IV à Nérac, et qu'il l'accompagna de cette jolie aquarelle, encore conservée au musée de cette ville, intitulée : *Fac simile d'un dessin du château de Nérac, pris sur un manuscrit de 1782* et qu'il signa Dupin de Francueil ? (Voir notre *Étude sur le château de Nérac*, Agen 1896, et aussi notre *Itinéraire raisonné de Marguerite de Valois, en Gascogne*; Paris, Picard 1912, où nous avons reproduit, page 286, ladite aquarelle.) Coïncidence assez étrange, quand on pense que, près d'un demi-siècle après, sa petite-fille Aurore, devenue baronne Dudevant, devait habiter, à son tour, pendant quelque temps, ce même pays d'Albret.

la rue des Fossés-Saint-Victor, sauvée par le 9 thermidor, devenue peu à près propriétaire de la terre de Nohant dans l'Indre, où elle alla finir le reste de ses jours dans une atmosphère de recherche et de distinction, grande, toujours svelte et blonde, ne sachant et ne voulant pas vieillir ; sa mère, au contraire, petite, brune, violente, jadis fille galante avant son mariage, d'assez bonne conduite tant que vécut son mari Maurice Dupin, puis revenue à ses manières vicieuses, jalouse, bruyante, ne pouvant naturellement supporter sa belle-mère, et rendant intolérable l'existence à côté d'elle de son enfant.

Aussi, après trois années de séjour à ce même couvent des Anglaises, où elle eut la velléité de se faire religieuse (1817-1820), Aurore préférât-elle s'envoler vers Nohant et s'y plonger dans la lecture, dévorant Dante, le Tasse, Milton, Shakspeare, Molière, Voltaire, Byron et surtout Jean-Jacques et Châteaubriand; instants de bonheur et de solitude, dont elle s'est plu à raconter longuement dans l'*Histoire de ma Vie* les charmes troublants, les heures enchanteresses et qui exercèrent sur sa nature romanesque une influence ineffaçable.

La mort de sa grand'mère, « sa meilleure amie », arrivée en 1820, la ramena provisoirement à Paris auprès de sa mère, de la tutelle de laquelle le mariage seul pouvait l'affranchir.

Très liée avec la famille Duplessis, dont la jolie campagne, au Plessis-Picard, près de Melun, rappelait à la jeune fille les attraits de Nohant, Aurore et sa mère y passaient de longues semaines. Un soir que, venues à Paris pour aller au spectacle, elles s'étaient arrêtées, après la représentation, à Tortoni prendre des glaces, Mme Duplessis dit tout à coup à son mari: « Tiens, voilà Casimir ! » « Un jeune homme mince, écrit George Sand elle-même, assez élégant, d'une figure gaie et d'une allure militaire, vint leur serrer la main et répondre aux questions empressées qu'on lui adressait sur son père, le colonel Dudevant, très aimé et respecté de la famille. Il s'assit auprès de Mme Angèle et lui demanda tout bas qui j'étais. « C'est ma fille, répondit-elle tout haut. — Alors, reprit-il tout bas, c'est donc ma femme ? Vous savez que vous m'avez promis la main de votre fille aînée. Je croyais que ce serait Wilfrid ; mais comme celle-ci me paraît d'un âge mieux assorti au mien, je l'accepte, si vous voulez me la donner. » Mme Angèle se mit à rire ; mais cette plaisanterie fut une prédiction.»

Peu de temps après, Casimir Dudevant vint, comme invité, au Plessis-Picard. Il prit part à tous les jeux auxquels se livrait cette jeunesse, se montra bon garçon, plein d'entrain, de gaieté, ne fit pas la cour à Aurore, « ce qui, écrit-elle, aurait troublé notre sans gêne » et n'y songea même pas. Et, néanmoins, dans leurs jeux innocents, ils se mirent à jouer au mari et à la femme « se traitant de tels, avec aussi peu d'embarras et de passion que le petit Norbert et la petite Justine eussent pu en avoir ».

Cette situation ne pouvait se prolonger. Après une courte absence, Casimir revint au Plessis et demanda à Aurore franchement sa main. « Cela n'est peut-être pas conforme aux usages, me dit-il, mais je ne veux obtenir le premier consentement que de vous seule, en toute liberté d'esprit. Si je ne vous suis pas antipathique et que vous ne puissiez pourtant pas vous prononcer si vite, faites un peu plus d'attention à moi, et vous me direz dans quelques jours, dans quelque temps, quand vous voudrez, si vous m'autorisez à faire agir mon père auprès de votre mère. »

Cette façon de procéder plut à Aurore, qu'une passion brusque eut épouvantée à ce moment. Elle ne dit ni oui, ni non, considéra Casimir comme un bon camarade et cependant convint de préparer avec Mme Duplessis une entrevue entre sa mère et le colonel Dudevant.

— Qu'était donc ce colonel Dudevant que tout le monde traitait avec tant d'égards ? Un ancien soldat des armées de la République qui avait gagné tous ses grades à la pointe de son épée. D'une riche famille de négociants, Jean-François Dudevant, né à Bordeaux en 1754, avait fait ses études au collège de cette ville. Puis, il s'était engagé comme gendarme dans la compagnie d'Artois le 29 avril 1774 et il se trouvait capitaine de cavalerie au régiment Lunéville-Gendarmerie, quand la

Révolution éclata. Il fit, comme tel, la campagne de 1792 dans la légion des Alpes, et peu après fut appelé en Vendée pour y organiser le 14ᵉ régiment de chasseurs à cheval dont il fut nommé chef de brigade le 25 germinal an II. Il demeura dans cette province jusqu'à sa pacification, mais non sans avoir reçu de nombreuses blessures qui le forcèrent à prendre prématurément sa retraite le 7 fructidor an VI, comme colonel de cavalerie.

C'est alors qu'il se retira en Albret et qu'il fit bâtir, dans sa propriété du canton de Lavardac, au milieu des bois de pins et des surrèdes, sur l'emplacement « du cabaret de Guillery » une gentilhommière qu'il appela « Maisonneuve », mais qui a toujours gardé son premier nom, et où il résolut de terminer ses jours.

Très dévoué à l'Empire, le colonel Dudevant jouit bien vite de l'estime générale des habitants de la commune de Pompiey. Ils l'élurent maire en 1800, et quelques années après, sur la présentation du collège électoral de l'arrondissement de Nérac, le Sénat conservateur le nommait député du département de Lot-et-Garonne, avec MM. de Bourran et de Godailh, pour les années 1809, 1810, 1811, 1812 et 1813. Sous la première Restauration, il conserva ses fonctions de député ; il fut réélu encore en mai 1815, pendant la période des Cent-Jours et fut alors créé baron de l'Empire. Mais, au retour des Bourbons, il ne se représenta plus et se retira définitivement dans son domaine de Guillery, partageant son temps entre la chasse, la bonne chère et les soins agricoles apportés à ses propriétés. Il était chevalier de Saint-Louis et officier de la Légion d'honneur (1).

---

(1) Ces renseignements nous sont fournis par M. Lesueur de Pérès, conseiller à la Cour d'appel d'Agen, tels qu'il les a fait connaître lui-même, sous le voile de l'anonymat, dans le tome III, 1876, de cette même Revue; et aussi par M. Ed. Feret, dans sa *Statistique générale du département de la Gironde* (1ʳᵉ partie, Biographie). M. Feret ajoute que le baron J.-Fr. Dudevant eut huit frères. L'un d'eux, François, publia un *Tableau analytique des trois règnes de la nature* (Bordeaux, 1803); un autre, parti en 1770 pour le Canada comme missionnaire, ne revint pas; un troisième, Louis-Hyacinthe, raffineur de sucre et naturaliste, fut élu en 1800 membre de l'Académie de Bordeaux.

Encore célibataire, et alors qu'il était aux armées, le colonel Dudevant avait eu un fils naturel, François-Casimir, né à Guillery le 5 juillet 1795, qu'il garda près de lui et auquel il tint à donner une éducation soignée. Lors de son mariage avec une jeune fille de la Sarthe, le baron Dudevant dut momentanément se séparer de son enfant. Mais son union étant demeurée stérile, il obtint de son épouse qu'elle l'acceptât dans le ménage et le considérât comme son fils. Elle s'y prêta de fort bonne grâce et l'entoura des soins les plus maternels.

Casimir entra à l'Ecole de St-Cyr le 8 mai 1813. Il en sortit lieutenant en janvier 1815, et fut affecté comme tel au 10ᵉ régiment d'infanterie de ligne. Il passa ensuite dans la légion du Lot-et-Garonne avec le même grade. Mais il ne tarda pas à donner sa démission, fit son droit à Paris et mena comme tous les fils de famille de cette époque une vie inutile et désœuvrée.

Telle était la situation du fiancé d'Aurore, lorsque eut lieu entre la mère de la jeune fille et le colonel Dudevant la première entrevue.

« Ma mère, écrit George Sand, vint au Plessis, et fut frappée, comme moi, d'un tendre respect pour la belle figure, les cheveux d'argent, l'air de distinction et de bonté du vieux colonel. Ils causèrent ensemble et avec nos hotes. Ma mère me dit ensuite : « J'ai dit oui, mais pas de manière à ne pas m'en dédire. Je ne sais pas encore si le fils me plaît. Il n'est pas beau. J'aurais aimé un beau gendre pour me donner le bras. » Le colonel prit le mien pour aller voir une prairie artificielle derrière la maison, tout en causant agriculture avec James. Il marchait difficilement, ayant eu déjà de violentes attaques de goutte. Quand nous fumes séparés avec James des autres promeneurs, il me parla avec une grande affection, me dit que je lui plaisais extraordinairement et qu'il regarderait comme un très grand bonheur dans sa vie de m'avoir pour fille. »

La mère d'Aurore ayant fini par accepter Casimir pour gendre, bien qu'il ne fût pas un très bel homme et qu'il ne portât aucun uniforme, il fut convenu que pour fixer l'époque du mariage, on attendrait le retour à Paris de la baronne Dudevant « qui avait été passer quelque temps dans sa famille, au

Mans ». Mais peu après la mère d'Aurore « retomba comme une bombe au Plessis ». Elle avait découvert que Casimir avait mené l'existence la plus orageuse et qu'il avait même été garçon de café. Ce fut un éclat de rire général. Mais, de ce rêve qu'elle avait fait, le mariage faillit se rompre, sa mère refusant son consentement. La visite de la baronne à Sophie Victoire vint heureusement la flatter et la ramena à de meilleurs sentiments.

« Mme Dudevant vint faire sa visite officielle à ma mère. Elle ne la valait certes pas pour le cœur et l'intelligence, écrira plus tard George Sand après s'être brouillée avec elle, mais elle avait des manières de grande dame et l'extérieur d'un ange de douceur. Je donnai tête baissée dans la sympathie que son petit air souffrant, sa voix faible et sa jolie figure distinguée inspiraient dès l'abord et m'inspirèrent à moi plus longtemps que de raison. Ma mère fut flattée de ses avances qui caressaient justement l'endroit froissé de son orgueil. Le mariage fut décidé ; et puis il fut remis en question, et puis rompu, et puis repris au gré de caprices qui durèrent jusqu'à l'automne et qui me rendirent encore souvent bien malheureuse et bien malade ; car j'avais beau reconnaître avec mon frère qu'au fond de tout cela ma mère m'aimait et ne pensait pas un mot des affronts que prodiguait sa langue, je ne pouvais m'habituer à ces alternatives de gaieté folle et de sombre colère, de tendresse expansive et d'indifférence apparente ou d'aversion fantasque. »

Enfin, après bien des pourparlers d'affaires assez blessants, le mariage fut décidé, le contrat passé sous le régime dotal (1) et la cérémonie célébrée à Paris en septembre 1822. Aurore Dupin ne pouvait prendre encore le titre de baronne,

---

(1) G. Sand se plaint amèrement, dans son *Histoire de ma Vie*, d'avoir été mariée sous ce régime. Elle aurait dû pourtant s'en féliciter, car elle apportait une fortune assez considérable pour l'époque, que, sans cela, son mari, fort dépensier, aurait certainement aliénée : d'abord la terre de Nohant, qui lui venait de sa grand-mère et qu'elle a gardée, en l'immortalisant, jusqu'à sa mort; puis l'hôtel de Narbonne, à Paris, qu'elle donna en dot à sa fille Solanges, lorsqu'elle la maria, en 1847, au sculpteur Clésinger.

mais elle était Mme Casimir Dudevant. Elle n'avait que dix-huit ans.

Bien des auteurs l'ont dépeinte à cette époque ; bien des peintres ont depuis immortalisé ses traits. Pour contenter les lecteurs qui désireraient connaître quels charmes physiques elle apportait à son époux, laissons-la parler elle-même. « Quand j'eus seize ans, écrit-elle en 1827 dans son *Voyage en Auvergne*, on s'aperçut, comme j'arrivais du couvent, que j'étais jolie fille. J'étais fraîche, quoique brune. Je ressemblais à ces fleurs de buisson un peu sauvages, sans art, sans culture, mais de couleurs vives et agréables. J'avais une profusion de cheveux presque noirs. En me regardant dans une glace, je puis dire pourtant que je ne me suis jamais fait grand plaisir. Je suis noire, mes traits sont taillés et non pas finis. On dit que c'est l'expression de ma figure qui la rend intéressante. Et je le crois.... J'avais l'humeur gaie et pourtant rêveuse. L'expression la plus naturelle à mes traits était la méditation. Et il y avait, disait-on, dans ce regard distrait une fixité qui ressemble à celle du serpent quand il fascine sa proie. Du moins c'était la comparaison ampoulée de mes adorateurs de province. »

Et M. René Doumie, qui reproduit ce passage dans son étude sur George Sand, d'ajouter : « Ils n'avaient pas si tort pour des adorateurs de province. Les portraits d'Aurore, à cette date, nous montrent, dans une fraîcheur presque enfantine (principalement l'aquarelle de Blaize, de la collection de M. Rocheblave), une captivante figure de jeune fille, aux traits longs, au menton fin, — pas précisément jolie, mais combien pire ! — avec ces yeux, ces grands yeux noirs qui dévorent tout le visage, ces yeux dont le regard, en se posant, prend possession de vous, ces yeux de rêve et de désir, sombres parce que l'âme qui s'y reflète a de lointaines profondeurs. »

Et l'on se prend, devant le portrait de Delacroix, de la même collection Rocheblave, plus encore devant la magnifique toile de Charpentier à Mme Lauth-Sand, fasciné par ce regard velouté et brûlant, à murmurer ces vers de Musset, victime lui surtout de cette mortelle flamme :

> Honte à toi, femme à l'œil sombre,
> Dont les funestes amours
> Ont enseveli dans l'ombre
> Mon printemps et mes beaux jours !

Et plus tard :

> Ote-moi, mémoire importune,
> Ote-moi ces yeux que je vois toujours !

Mais, en 1822, les yeux d'Aurore n'avaient encore fait aucune victime. La première aurait-elle été son mari ?

Cette question, quelque peu indiscrète, M. René Doumie se la pose en ces termes : « Le mari aimait-il sa femme ? La femme aimait-elle son mari ? » — Oui, conclut-il, — et nous sommes en cela absolument d'accord avec lui, — Casimir Dudevant aima la jeune fille que le hasard lui mettait entre les bras. Et cela, non pour les cinq cent mille francs de fortune qu'elle lui apportait, mais pour les charmes qui se dégageaient de toute sa personne et qu'il sut, quoiqu'on en ait dit, très convenablement apprécier.

La réciproque fut-elle vraie ? Non, écrit M. René Doumie, « jamais, en aucun temps de sa vie, George Sand n'a aimé son mari ». Et cela pour des raisons multiples ; d'abord, parce que celui-ci n'a pas su se faire aimer. « Il était tel à peu près que tous les hommes ; cette idée ne leur vient même pas, qu'étant le mari, ils aient à conquérir leur femme. » Casimir n'a pas encore les vices qui le dégraderont dans la suite ; mais il n'a rien qui le distingue de la moyenne. « Il est égoïste, sans être méchant garçon, un peu paresseux, un peu incapable, un peu vaniteux, un peu sot ; c'est un homme ordinaire. » Or, il ne fallait pas à la future George Sand un homme ordinaire. Quel homme lui fallait-il ? De tous ceux qu'elle a essayés, aucun n'a pu fixer son cœur. C'est que ce cœur restait inassouvi ; c'est que cet esprit, essentiellement romanesque, ne trouvait nulle part une branche assez idéale sur laquelle il put se reposer.

Si cependant entre les deux époux, dont la nature était diamétralement opposée, il n'y eut qu'une lune de miel passagère, le temps d'avoir deux enfants, Maurice et Solanges, une amitié solide, presque tendre, se cimenta entre eux, dont les liens restèrent unis bien plus longtemps qu'elle ne s'est plu à le dire, et jusqu'au jour même de la séparation.

Nous n'en voulons pour preuve que cette correspondance avec son mari, encore inédite, dont nous avons parlé, et où les sentiments les plus affectueux se font jour à chaque ligne. Elle pense à lui, se préoccupe de sa santé, cherche à lui parler de tout ce qui peut l'intéresser, le conseille, l'encourage ; bref, elle se présente à nous, non comme une épouse passionnée, mais comme une amie fidèle, charitable, affectueuse, dévouée presque jusqu'au sacrifice.

En attendant que la désunion apparaisse, les deux jeunes époux passent la première année de leur mariage, tour à tour à Nohant, au Plessis chez leurs amis intimes, à Paris dans un petit appartement garni, hôtel de Florence, rue Neuve-des-Mathurins, chez un ancien chef de cuisine de l'empereur. C'est là que naquit Maurice le 30 juin 1823 « sans encombre et très vivace. Ce fut, écrit sa mère, le plus beau moment de ma vie que celui, où après une heure de profond sommeil qui succéda aux douleurs terribles de cette crise, je vis en m'éveillant ce petit être endormi sur mon oreiller. J'avais tant rêvé de lui d'avance et j'étais si faible que je n'étais pas sûre de rêver encore. Je craignais de remuer et de voir la vision s'envoler comme les autres jours. »

Puis, le jeune ménage se réinstalle à Nohant, l'automne et l'hiver suivants. « Au printemps de 1824, je fus prise, écrit Aurore, d'un grand spleen dont je n'aurais pu dire la cause. » L'ennui commence à la gagner. Ni son mari, qui ne comprend rien à son état d'âme, ni même son cher Nohant, qu'il a entièrement bouleversé, ne peuvent suffire à ses vagues désirs. « Je me sentis écrasée d'un nouveau dégoût de la vie qui prit un caractère maladif. »

Il fallut quitter Nohant. On revint au Plessis où la malade « retrouva la distraction et l'irréflexion nécessaires à la jeunesse. La vie y était charmante... on jouait la comédie, on chassait dans le parc, on faisait de grandes promenades, on recevait tant de monde qu'il était facile à chacun de choisir un groupe de préférence pour sa société. »

Aux approches de l'hiver, il fallut choisir un gîte. « Nous n'avions pas le moyen de vivre à Paris, et d'ailleurs nous n'aimions Paris ni l'un ni l'autre. Nous aimions la campagne, mais nous avions peur de Nohant, peur probablement de nous retrouver vis à vis l'un de l'autre, avec des instincts différents à tous autres égards et des caractères qui ne se pénétraient pas mutuellement. Sans vouloir nous rien cacher, nous ne savions rien nous expliquer ; nous ne nous disputions jamais sur rien, j'ai trop horreur de la discussion pour vouloir entamer l'esprit d'un autre ; je faisais au contraire de grands efforts pour voir par les yeux de mon mari, pour penser et agir comme il le souhaitait. Mais à peine m'étais-je mise d'accord avec lui, que, ne me sentant plus d'accord avec mes propres instincts, je tombais dans une tristesse effroyable. »

Les deux époux louèrent une maison de campagne à Ormesson, près du lac d'Enghien. Mais ce séjour fut encore plus nuisible à l'état d'âme de la jeune femme. « C'est là, devait-elle écrire plus tard, dans une lettre au docteur Emile Regnault, reproduite par M. Doumic, que j'ai perdu ma santé, ma joyeuse confiance dans l'avenir, ma gaieté, mon bonheur. C'est là que j'ai senti bien profondément la première atteinte du chagrin. »

On revint rue du faubourg St-Honoré, à Paris, qu'habitaient du reste le colonel Dudevant et sa femme, et qu'Aurore voyait souvent. « Le colonel Dudevant était à Paris avec sa femme, que je faisais mon possible pour aimer, bien qu'elle ne fut pas fort aimable. Le beau-père était le meilleur des hommes. Nous dinions souvent chez eux avec Deschartres, que le vieux colonel aimait à taquiner et qu'il traitait de jésuite, tandis que Deschartres le traitait de jacobin, épithètes aussi peu méritées d'une part que de l'autre (1). » Et plus loin:

______

(1) Deschartres était le fermier régisseur de la terre de Nohant, dévoué serviteur que G. Sand appelle parfois « son pédagogue » et dont la mort mystérieuse, peut-être le suicide, arrivée à Paris au printemps de cette an-

« Maurice était plantureusement gâté par le colonel. Quant à Mme Dudevant, elle ne pouvait pas souffrir les marmots; et le mien, ayant eu quelques malheurs sur le parquet, elle fut si révoltée de cette inconvenance, qu'elle m'engagea à ne plus l'amener chez elle, qu'atteint et convaincu d'avoir pris toutes les précautions désirables. C'était fort difficile, Maurice n'ayant pas encore bien compris la religion du serment. Il avait dix-huit mois. »

Au printemps, Aurore et son mari revinrent à Nohant. Mais le charme était rompu. Malgré l'amour passionné qu'elle éprouvait pour son enfant, malgré les distractions dont son mari, son frère qui vivait tout près d'elle à La Chatre, et sa charmante femme Emilie de Villeneuve, cherchaient à l'entourer, une grande tristesse s'empara définitivement de la jeune femme. Un moment elle se crut poitrinaire. Pour vaincre sa mélancolie, un voyage aux Pyrénées fut décidé. On y rejoindrait deux amies Aimée et Jane B. et de là on irait passer l'automne à Guillery, chez les beaux-parents, afin de respirer la senteur des bois de pins.

II

Les Pyrénées

Ce voyage fut un enchantement. L'aspect de la Gascogne aux collines vertes et harmonieuses, celui surtout des montagnes sauvages de Gavarnie et de Cauterets, si différent des plaines tristes et monotones du Berry, ravirent la jeune femme et laissèrent dans son esprit une empreinte ineffaçable.

Et cependant, dans aucun de ses nombreux romans, elle ne cherche à décrire ces merveilleux paysages. Seul fait exception le premier qu'elle écrivit, à la fin de 1831, en collaboration de Jules Sandeau, *Rose et Blanche*, ou *la Comédienne et*

---

née 1825, l'affecta « plus qu'elle ne voulut le dire » et lui fit prendre, momentanément, Nohant en aversion.

la Religieuse, et dont la trame se déroule principalement en Gascogne, notamment dans les villes de Tarbes, d'Auch, de Nérac, les Landes de l'Albret, « roman détestable, écrit M. René Doumie, mélange de mysticisme et de polissonneries, absurde et souvent bien déplaisant. » Est-ce pour ces raisons, reconnues du reste par George Sand elle-même, que désormais elle ne placera plus ses héroïnes dans un cadre qui ne pouvait lui rappeler plus tard que tristesse et désenchantement ? toujours est-il qu'elle ne parlera plus des Pyrénées et surtout de la Gascogne que dans son *Histoire de ma vie*. Mais, dans ces mémoires, elle se plaît à évoquer, en toute liberté, ses souvenirs de jeune femme pour qui encore tout est nouveau ; et elle le fera dans ce style pénétrant et enchanteur dont elle a le secret. Car ce n'est pas seulement aux grandioses beautés de cette nature sauvage, auxquelles rien ne l'avait préparée, que son ardente imagination rend hommage, elle bénit aussi ces lieux mystérieux où pour la première fois son cœur s'ouvrit à l'amour, amour pur et désintéressé, qui restera pour elle le meilleur de ses romans vécus. Mais n'anticipons pas, et suivons-la pas à pas, d'après son journal de voyage, dans les étapes successives qu'elle parcourut à ce moment.

Le 5 juillet 1825, elle quitte Nohant avec son mari et son fils, fait ses adieux à son personnel comme si elle ne devait plus le revoir, et prend la résolution « de ne pas s'inquiéter du moindre cri de Maurice, de ne pas s'impatienter de la longueur du chemin, de ne pas se chagriner des moments d'humeur de *son ami.* »

Elle traverse Périgueux, ville qui lui paraît agréable ; mais elle est triste jusqu'à la mort et a beaucoup pleuré en marchant.

Les époux Dudevant durent certainement passer par Agen, Lectoure et Auch. Dans son journal, la jeune femme n'en souffle mot.

A Tarbes, en revanche, elle note « que le ciel est beau, les eaux vives, les constructions bizarres faites d'énormes galets apportés par le Gave, les costumes variés avec des types animés de tout ce côté sud de la France. » La ville est jolie ; mais son mari est toujours de bien mauvaise humeur, il s'ennuie en voyage et voudrait être déjà arrivé. Parvenue au pied des montagnes, elle oublie ses tristesses ; elle est ravie.

« Peu à peu cet amphithéâtre de montagnes blanches se rapproche et se colore. Malgré l'excessive chaleur, je suis montée sur le siège de la voiture avec mon mari pour mieux voir le pays. Enfin nous sommes entrés dans les Pyrénées. La surprise et l'admiration m'ont saisie · jusqu'à l'étouffement. J'ai toujours rêvé les hautes montagnes. J'avais gardé de celles-ci un souvenir confus qui se réveille et se complète à présent ; mais ni le souvenir, ni l'imagination ne m'avaient préparée à l'émotion que j'éprouve. Je ne me figurais pas la hauteur de ces masses qui touchent les nuages et la variété des adorables détails qu'elles présentent. Les unes sont fertiles et cultivées jusqu'à leur sommet ; les autres sont dépourvues de végétation, mais hérissées de rocs formidables, en désordre, comme au lendemain d'un cataclysme universel. »

Et c'est alors une admirable description de la route qui va de Pierrefitte à Cauterets ; puis, l'arrivée dans cette ville, où Aurore retrouve ses deux amies Jane et Aimée qui lui ont retenu une chambre à côté de la leur dans le même hôtel ; enfin le tableau de la bourgade « toute bâtie en marbre brut, où les ruisseaux sont de cristal, où tout est propre, où tout est plein de beau monde assez laid. »

Ce beau monde assez laid, il faut s'y frotter cependant, le fréquenter selon l'usage, ne pas vivre comme des sauvages. C'est la manière de voir de ses amies, de la famille Leroy, de Zoé surtout pour laquelle Aurore se prend de grande amitié, de son mari aussi, bien qu'il passe tout son temps à la chasse. N'est-ce pas lui dont elle veut parler en ces termes : « Monsieur X.... chasse avec passion. Il tue des chamois et des aigles. Il se lève à deux heures du matin et rentre à la nuit. Sa femme s'en plaint. Il n'a pas l'air de prévoir qu'un temps peut venir où elle s'en réjouira. » Ne va-t-elle pas se réjouir bientôt elle-même de l'abandon de son mari ? Car chaque jour, chaque heure marque pour les deux époux une désunion de plus en plus prononcée. La jeune femme devient nerveuse, fantasque. « Courir, monter à cheval, rire d'un rien, écrit-elle à ce moment dans son journal, ne pas se soucier de la santé et de la vie ! Aimée me gronde beaucoup. Elle ne comprend pas qu'on s'étourdisse et qu'on ait besoin d'oublier. « Oublier quoi, me dit-elle ? — Que sais-je ? Oublier tout, oublier surtout qu'on existe. » La crise est proche, on le voit, où l'orage du cœur va éclater. Du moins Aurore a bien choisi le site. Ce sera le cirque de Gavarnie.

« Mon mari arrange la partie d'aller à Gavarnie, avec la famille Leroy. J'ai envie d'en être ; et puis non, et puis oui. » Finalement elle se décide. Ainsi le veut sa destinée.

Au nombre des excursionnistes se trouvait un tout jeune magistrat, âgé de vingt-sept ans à peine, fort joli garçon et qui plus est doué de toutes les qualités du cœur et de l'esprit. D'une vieille famille bordelaise, qui comptait parmi ses membres d'illustres avocats au Parlement de Bordeaux, Aurélien de Sèze était le propre neveu du comte Romain de Sèze. le célèbre défenseur de Louis XVI. Fils de Paul Victor de Sèze, docteur en médecine, puis député aux Etats-généraux de 1789, et de Suzanne-Caroline de Raymond de Sallegourdes, il était déjà en 1825 substitut du procureur général de Bordeaux et se faisait remarquer par ses manières nobles et élégantes, la distinction et le sérieux de son caractère, la culture de son esprit, avec cette pointe de romantisme, indispensable, en 1825 à tout jeune homme bien né. Un tel contraste avec le caractère et la nature de son mari prosaïque, terre à terre et réfractaire à tout sentiment romanesque, ne pouvait qu'attirer et séduire la jeune Aurore Dudevant. Les deux jeunes gens se plurent. Tous les jours cote à cote, soit dans les salons de Cauterets, soit à cheval dans la montagne, ils ne tardèrent guère à s'avouer leur amour ; mais un amour pur, sentimental, platonique, qui ne dépassa jamais les bornes de l'honnêteté. Ce fut dans le cadre admirable de Gavarnie qu'ils s'avouèrent pour la première fois leur flamme, en face de cette nature grandiose qu'ils prirent comme témoin de leurs sentiments réciproques. Dans les fragments de son journal de voyage qu'elle reproduit dans l'*Histoire de ma vie*, George Sand ne souffle mot de cette intrigue. Nous dirons, quand nous serons arrivé à la fin de cette année, comment, dans une lettre célèbre, elle osa l'avouer, elle-même, à son mari.

En attendant, elle se contente de décrire, et en quel style, les beautés des sites qui s'offrent à sa vue. « Je n'avais rien vu en vérité. De Luz à Gavarnie, c'est le chaos primitif, c'est l'enfer. Le torrent, c'est le *rauco suon della tartarea tromba*. La grotte du jardin de Gèdres, c'est la grotte d'Apollon à Versailles faite par la nature et dans des proportions cyclopéennes ; seulement, il n'y a pas d'Apollon et c'est bien mieux. Le Marborée, c'est quelque chose d'indescriptible. Une muraille de glaces, de neiges, de rochers incommensurables entourant un cirque où l'on est mouillé par la chute des cascades de douze cents pieds perpendiculaires. Des ponts de neige sur lesquels passent des caravanes de patres et de troupeaux ! Que sais-je ? On ne voit pas bien. On ne peut pas regarder assez. Il y a trop d'étonnement. On ne pense pas même au danger. Mon mari est des plus intrépides. Il va partout et je le suis. Il se retourne et il me gronde. Il dit que je me *singularise*. Je veux être pendue si j'y songe. Je me retourne et je vois Zoé qui me suit. Je lui dis qu'elle se singularise. Mon mari se fâche parce que Zoé rit. Mais la pluie des cataractes est un grand calmant et on s'y défâche vite (1). »

Est-ce bien avec Zoé, ainsi qu'elle l'écrit dans ses mémoires, qu'en quittant Gavarnie « elle laissa vite les guides et la caravane derrière elle». Ne serait-ce pas plutôt avec son charmant cavalier ? « Nous franchissions au galop les passages les plus fantastiques. Zoë est insensée de courage. Cela me grise, me voilà à son niveau. Nous arrivons à l'endroit appelé le *chaos*, une demi-heure avant tout le monde. Nous pouvons nous arrêter et contempler. « Mon Dieu ! dit Zoë, nous voilà seules, quel bonheur ! Singularisons-nous tout à notre aise.

---

(1) Quelle est cette Zoé ? Madame Dudevant ne le dit pas. Nous croyons qu'il s'agit ou d'une demoiselle Leroy, ou de la tante d'Aurélien de Sèze, d'une demoiselle de Sèze, ainsi que le donne à entendre M. Lesueur de Pérès.

Regardons et admirons ! » Zoë s'exalte. Il y a de quoi. J'aime cette nature enthousiaste, cet esprit généreux, ce cœur intelligent. Nous repartons au galop en entendant arriver la caravane, et nous ne ralentissons que quand nous sommes à portée de reprendre la conversation en liberté. De quoi parlons-nous ? Ah ! que de belles théories en pure perte ! L'amour, le mariage, la religion, l'amitié, que sais-je ? Elle conclut ainsi : « Nous avons un peu plus d'intelligence et de réflexion que beaucoup d'autres qui ne pensent à rien, et c'est tant pis pour nous. »

Elle rentre à Cauterets. Il faut faire des visites, « ce qui est absurde, puisqu'on ne se reverra pas, et c'est ennuyeux. » Elle reçoit celle de la princesse de Condé, veuve du duc d'Engbien. « Elle n'est ni jeune, ni belle et n'a point l'air distingué. Un grand air de bonhomie protectrice que les badauds prennent pour de la bienveillance et dont ils sont très fiers. Il n'y a pas de quoi. » Elle rencontre le général Foy « seul, très pâle, une douce figure, triste, abattu. Il mourra, dit-on. » Elle voit aussi Mme de Rumfort avec une jeune nièce fort jolie, et le savant Magendie qui vient d'explorer le passage des montagnes par le Tourmalet et a manqué périr de froid en route.

Puis ce sont des courses, toujours en compagnie d'Aurélien de Sèze, bien qu'elle ne prononce jamais son nom, au Pont d'Espagne, à la chute de Cerisey, au lac de Gaube, et jusqu'au glacier du Vignemale. « Quelles admirables choses! Mais on voit tout cela trop vite. Il faudrait pouvoir vivre un mois dans chaque site, et y vivre à sa guise avec les amis de son choix. Tout cela est si beau, si attachant, si bouleversant. qu'on n'est que fou et comme ivre à la première vue. Et puis, vite, vite, il faut passer outre, parce qu'il faut arriver. Et à peine arrivé, il faut partir encore, parce qu'il faut rentrer. Je ne sais où donner de la tête. Je suis toujours pressée, pour mon compte aussi, de retrouver mon marmot, et je reste toujours sur ma soif devant les merveilles de la nature. »

Aurore Dudevant écrivit beaucoup sur les Pyrénées durant et après ce voyage. Elle nous l'apprend dans ses mémoires, et nous fait savoir aussi que, mécontente de ses premiers essais,

elle rédigea de nouveaux cahiers, mais qu'à distance elle trouva très lourds et très prétentieux de style. Et cependant elle
était sincère. « Mon admiration rétrospective n'avait plus de
limites ; j'étais emphatique consciencieusement. »

Après plus d'un mois de séjour passé à Cauterets, durant
lequel Mme Dudevant ne voulut se soumettre à aucun traite-
ment des eaux, le jeune ménage dut songer à regagner la
plaine, « chassé pas les brouillards qui s'épanouissaient et re-
froidissaient l'atmosphère ». Mais, avec quels regrets, Aurore·
Dudevant quitta ce pays enchanteur, au moment surtout où
les baigneurs s'en allaient et où elle aurait si vivement désiré
goûter les charmes de la solitude. L'aspect changeait à vue
d'œil ; les bergers descendaient des sommets, et, poussant devant eux leurs troupeaux, retournaient à la plaine, escortés de
ces magnifiques chiens, « types primitifs, dit-on, de la race
canine, animaux superbes, qui, à la manière des taureaux de
race pure, ont la tête, l'encolure et les épaules disproportion-
nées en raison du train de derrière, qui semble évidé pour la
course ». Leur voix, une basse taille profonde, réveillait la
nuit la jeune femme, quand ils passaient sous sa fenêtre, et
alors elle se plaisait à envier le sort de ces pasteurs vivant la
moitié de l'année dans l'isolement et en pleine liberté.

« Vivre ainsi, s'écrie-t-elle, dans la solitude des monts su-
blimes, dans la plus belle saison de l'année, au-dessus, mora-
lement et réellement, de la région des orages ; être seul ou
avec quelques amis de même nature que soi, en présence de
Dieu ; être assez aux prises avec· la vie physique, avec les
loups et les ours, avec les périls de l'isolement et les fureurs
de la tempête, pour se sentir, en tant qu'animal soi-même, in-·
génieux, agile, courageux et fort ; avoir à soi les longues heures du recueillement, la contemplation du ciel étoilé, les bruits
magiques du désert, enfin la possession de ce qu'il y a de plus
beau dans la création, unie à la possession de soi-même. Voilà
l'idéal qui succéda dans ma jeune tête à celui de la vie monas-
tique et qui la remplit pendant de longues années. »

Cet idéal, elle le partageait à ce moment avec Aurélien de
Sèze ; peut-être même était-il inspiré par lui, tout aussi sensi-

ble, aussi poète, aussi romanesque que la jeune femme ; en tous cas elle était de moins en moins comprise de son mari. La distance entre les deux époux se faisait chaque jour plus grande ; plus douloureuse aussi, à chaque nouveau froissement, la désunion de leur cœur comme celle de leur esprit.

Aurore ne pouvait se résoudre à la séparation. Cauterets devenant inhabitable, elle désira voir Bagnères-de-Bigorre.Mais l'été y était encore brûlant, la nature moins belle, « la ville remplie d'Anglais, des demeures opulentes, des exhibitions de chevaux et d'attelages de luxe, des fêtes, des spectacles, du monde et du bruit. Ce n'était plus là mon fait. » Elle n'y resta que peu de jours ; mais avant de prendre le chemin de Nérac, elle voulut visiter les grottes de Lourdes. Aurélien de Sèze accompagnait toujours le ménage. Bien que ne le nommant pas, George Sand donne pour la seule fois à entendre qu'il ne la quittait pas depuis Cauterets. « Nous fîmes, écrit-elle, une excursion très intéressante, mon mari et moi, *avec un de ceux de nos amis de Cauterets que nous avions retrouvés à Bagnères*. Cet ami avait ouï parler des *espeluques* ou *spelonques* de Lourdes. C'était une aventure pénible et qui tentait peu de voyageurs. Elle nous tenta. Nous fîmes la route à cheval ; et, après avoir déjeuné à Lourdes, nous primes un guide et le chemin des cavernes. »

Il existe deux belles grottes à Lourdes ; l'une, dite en effet *Spelugue* (de *spelunca*, caverne), à quelques cents mètres à l'ouest de la basilique et des roches célèbres de Massabielle, — l'autre, beaucoup plus importante, dite *Grotte du Loup*, un peu au-delà de la première. Toutes deux sont fort remarquables, la dernière surtout, qui traverse une grande partie de la montagne, divisée en plusieurs galeries, et où MM. Milne-Edwards et Lartet ont découvert des objets préhistoriques de tout premier ordre.

Depuis la vogue des pèlerinages mondiaux qui chaque jour de l'année se succèdent au pieux sanctuaire de Lourdes, ces grottes constituent un des plus grands attraits des pèlerins. Bien aménagées, elles sont aujourd'hui d'un accès facile. Il n'en était pas de même en 1825 « où, dit George Sand, l'entrée n'en était pas attrayante. Il fallait ramper un à un, à plat ventre sous le rocher, et bien qu'il y eut la place nécessaire, cet ensevelissement d'un instant dans les ténèbres avait quelque chose de terrifiant pour l'esprit. »

Mais la jeune femme avait l'esprit aventureux. Elle n'hésita pas, avec ses compagnons, à se lancer dans cet inconnu, et elle en éprouva une jouissance extraordinaire. « Ce fut, écrit-elle, un enchantement véritable. Des galeries tantôt resserrées, étouffantes, tantôt incommensurables à la clarté des torches, des torrents invisibles rugissant dans les profondes entrailles de la terre, des salles bizarrement superposées, des puits sans fond, c'est-à-dire des gouffres perdus dans des abîmes impénétrables, et battant avec fureur leurs parois sonores de leurs eaux puissantes, des chauves-souris effarées, des portiques, des voûtes, des chemins croisés, toute une ville fantastique, creusée et dressée par ce que l'on appelle bénignement le caprice de la nature, c'est-à-dire par les épouvantables convulsions de la formation géologique ; c'était un beau voyage pour l'imagination, terrible pour le corps ; mais nous n'y pensions pas. Nous voulions pénétrer partout, découvrir toujours. Nous étions un peu fous, et le guide menaçait de nous abandonner. Nous marchions sur des corniches au-dessus d'abîmes qui faisaient penser à l'enfer du Dante, et il y en eut un où nous voulûmes descendre. Ces messieurs s'y enfoncèrent résolument en marchant à la manière des ramoneurs sur des anfractuosités, et je les y suivis, liée à une corde que l'on fit avec tous nos foulards noués au bout les uns des autres. Il fallut s'arrêter bientôt ; tout manquait, les points de repère pour les pieds et les foulards pour le sauvetage.

« Nous revînmes à cheval pendant la nuit par une pluie fine et un clair de lune doucement voilé. Nous étions à **Bagnères** à deux heures du matin. »

C'est là que les deux amoureux se quittèrent, emportant de leurs excursions au sein de ces Pyrénées merveilleuses les plus doux souvenirs. Mais leur séparation ne devait être que momentanée. Ils s'étaient promis de se retrouver à Bordeaux dès l'entrée de l'hiver.

M. et Mme Dudevant prirent le chemin de Guillery, où les attendaient leurs beaux-parents. Passèrent-ils par Auch, ou bien de Mirande descendirent-ils tout le temps la vallée de la Baïse ? Toujours est-il qu'ils furent obligés de traverser Tarbes, Rabastens, Miélan, puis Valence, Condom et Nérac. « Je n'ai gardé, écrit à ce sujet George Sand, aucun souvenir du voyage de Bagnères à Nérac. Il en est ainsi de beaucoup de pays que j'ai traversés sous l'empire de quelque préoccupation intérieure : je ne les ai pas vus. Les Pyrénées m'avaient exaltée et enivrée comme un rêve qui devait me suivre et me charmer pendant des années. Je les emportais avec moi pour m'y promener en imagination le jour et la nuit, pour placer mon oasis fantastique dans ces tableaux enchanteurs et grandioses que j'avais traversés si vite, et qui restaient pourtant si complets et si nets dans mon souvenir que je les voyais encore dans leurs moindres détails. »

III

GUILLERY

A cinq kilomètres à l'ouest de la petite ville de Barbaste, célèbre par son moulin fortifié, dont Henri IV était fier de se dire le meunier, à égale distance entre la vallée de la Gélise et celle de l'Avance, se dresse, à l'intersection des deux routes de Durance et de Casteljaloux, un petit monticule de 120 mètres à peine de hauteur sur lequel avait été bâti un manoir féodal. Au commencement du XIXe siècle, cette construction tombait en ruines. Le baron Dudevant la fit démolir, et, avec les matériaux en provenant, il fit construire une jolie maison moderne, sans style, sans prétentions, mais fort commode, où il se retira définitivement, quand ses blessures l'obligèrent à prendre sa retraite. Il l'entoura d'arbres qu'il planta lui-même et qui, sous peu, devinrent magnifiques. « Ormeaux vigoureux, platanes aux larges feuilles, acacias, tilleuls, catalpas aux belles girandoles, peupliers à la tige élancée, saules aux rameaux

M. et Mme Dudevant prirent le chemin de Guillery, où les
attendaient leurs beaux-parents. Passèrent-ils par Auch, ou
bien de Mirande descendirent-ils tout le temps la vallée de la
Baïse ? Toujours est-il qu'ils furent obligés de traverser Tarbes, Rabastens, Miélan, puis Valence, Condom et Nérac. « Je
n'ai gardé, écrit à ce sujet George Sand, aucun souvenir du
voyage de Bagnères à Nérac. Il en est ainsi de beaucoup de
pays que j'ai traversés sous l'empire de quelque préoccupation
intérieure ; je ne les ai pas vus. Les Pyrénées m'avaient exaltée et enivrée comme un rêve qui devait me suivre et me charmer pendant des années. Je les emportais avec moi pour m'y
promener en imagination le jour et la nuit, pour placer mon
oasis fantastique dans ces tableaux enchanteurs et grandioses
que j'avais traversés si vite, et qui restaient pourtant si complets et si nets dans mon souvenir que je les voyais encore
dans leurs moindres détails. »

III

GUILLERY

A cinq kilomètres à l'ouest de la petite ville de Barbaste,
célèbre par son moulin fortifié, dont Henri IV était fier de se
dire le meunier, à égale distance entre la vallée de la Gélise et
celle de l'Avance, se dresse, à l'intersection des deux routes de
Durance et de Casteljaloux, un petit monticule de 120 mètres
à peine de hauteur sur lequel avait été bâti un manoir féodal.
Au commencement du XIXe siècle, cette construction tombait
en ruines. Le baron Dudevant la fit démolir, et, avec les matériaux en provenant, il fit construire une jolie maison moderne,
sans style, sans prétentions, mais fort commode, où il se retira
définitivement, quand ses blessures l'obligèrent à prendre sa
retraite. Il l'entoura d'arbres qu'il planta lui-même et qui,
sous peu, devinrent magnifiques. « Ormeaux vigoureux, platanes aux larges feuilles, acacias, tilleuls, catalpas aux belles
girandoles, peupliers à la tige élancée, saules aux rameaux

LE CHATEAU DE GUILLERY

inclinés, gazons toujours verts, rafraîchis par des filets d'eau qui circulent dans toutes les directions, ou qui sont retenus en masse pour produire les effets les plus variés (1). » C'est Guillery, ou plutôt Guillerie, ainsi que le nom est écrit dans les anciennes cartes et qui, au dire de Littré, veut dire « chant du passereau ».

Le site est des plus pittoresques. Si la maison ne présente aucun caractère architectural digne d'être mentionné, ses abords en sont délicieux. Le charme en est surtout dans sa position, à l'entrée même de la forêt des Landes, dont les pins séculaires, s'étendant à l'infini jusqu'à la mer, profilent à l'horizon occidental leurs cîmes indéterminées.

C'est dans ce lieu, si attrayant pour une âme contemplative, que vint résider le jeune ménage Dudevant, à l'automne de 1825.

Hantée par le souvenir des beautés grandioses des Pyrénées, et plus encore par celui de l'homme aimable qu'elle y avait rencontré, Aurore Dudevant semble tout d'abord ne l'avoir pas suffisamment apprécié.

« Guillery, écrit-elle dans l'*Histoire de ma Vie*, le château de mon beau-père, était une maisonnette de cinq croisées de front, ressemblant assez à une guinguette des environs de Paris et meublée comme les bastides méridionales, c'est-à-dire très modestement. Néanmoins l'habitation en était agréable et assez commode. Le pays me sembla d'abord fort laid, mais je m'y habituai vite . »

Il était impossible, en effet, que sur son esprit aussi observateur, aussi sensible à toutes les beautés de la nature, la poésie des Landes, avec leur sable fin, leurs genêts jaunes , leurs roses bruyères, le sombre des *surrèdes*, la majesté des toujours vertes *pignadas*, ne produisit pas son irrésistible effet, et qu'elle n'appréciât pas bientôt à sa juste valeur le site où le hasard l'avait ainsi jetée. Aussi écrit-elle bien vite :

« Quand vint l'hiver qui est la plus agréable saison de cette région de sables brûlants, les forêts de pins et de chênes-liège

---

(1) *Monographie du canton de Lavardac*, par J.-B. Truaut.

prirent sous les lichens un aspect druidique, tandis que le sol
raffermi et rafraîchi par les pluies, se couvrit d'une végétation
printanière qui devait disparaître à l'époque qui est le printemps au nord de la France. Les genêts épineux fleurirent,
des mousses luxuriantes, semées de violettes, s'étendirent sur
les taillis, les loups hurlèrent, les lièvres bondirent, Colette
arriva de Nohant et la chasse résonna dans les bois. »

Gros mangeur, grand buveur, Casimir Dudevant était, comme son père l'avait été dans sa jeunesse, un intrépide chas-
seur. Que faire à Guillery, pendant l'automne et l'hiver, à
moins que l'on ne chasse. Des parties furent rapidement or-
ganisées en l'honneur de la jeune femme qui, bientôt, y prit
un goût extrême. Mais laissons-la parler elle-même. :

« J'y pris grand goût. C'était la chasse sans luxe, sans va-
niteuse exhibition d'équipages et de costumes, sans jargon
scientifique, sans habits rouges, sans prétentions ni jalousies
de *sport;* c'était la chasse comme je pouvais l'aimer, la chasse
pour la chasse. Les amis et les voisins arrivaient la veille ; on
envoyait vite boucher le plus de terriers possible; on partait
avec le jour, monté comme on pouvait, sur des chevaux dont
on n'exigeait que de bonnes jambes et dont on ne raillait pourtant pas les chutes, inévitables quelquefois dans des chemins
traversés de racines que le sable dérobe absolument à la vue et
contre lesquelles toute prévoyance est superflue. On tombe
sur le sable fin, on se relève, et tout est dit. Je ne tombai cependant jamais; fut-ce par bonne chance ou par la supério-
rité des instincts de Colette, je n'en sais rien.

« On se mettait en chasse quelque temps qu'il fît. De bons
paysans aisés des environs, fins braconniers, amenaient leur
petite meute, bien modeste en apparence, mais bien plus
exercée que celle des amateurs. Je me rappellerai toujours la
gravité modeste de *Peyrounine*, amenant ses *trois couples et
demie* au rendez-vous, prenant tranquillement la piste, et disant de sa voix douce et claire, avec un imperceptible sourire
de satisfaction : « *Aneim, ma tan belo !* » *Aneim*, c'est *allons !
courage ;* c'est le *animo* des Italiens ; *tan belo*, c'était *Tant-
Belle*, la reine des bassets à jambes torses, la dépisteuse,

l'obstinée, la sagace, l'infatigable par excellence, toujours la première à la découverte, toujours la dernière à la retraite.

« Nous étions assez nombreux, mais les bois sont immenses et la promenade n'était plus, comme aux Pyrénées, une marche forcée sur une corniche qui ne permet pas de s'éparpiller. Je pouvais m'en aller seule à la découverte sans crainte de me perdre, en me tenant à portée de la petite fanfare que Peyrounine sifflait à ses chiens. De temps en temps, je l'entendais sous bois admirer, à part lui, les prouesses de sa chienne favorite et manifester discrètement son orgueil en murmurant : « *Oh ! ma tant belle ! Oh ! ma tant bonne !* »

Rappelons ce qu'écrivait à ce propos, dans cette même Revue, à la date de 1876, M. Lesueur de Pérès, l'auteur anonyme d'un article sur George Sand, d'après ce qu'il avait entendu dire à ceux du pays qui l'avaient alors fréquentée.

« Madame Dudevant se dédommageait de l'ennuyeuse contrainte des visites officielles, lorsqu'elle rentrait à Guillery. Alors elle montait à cheval, soit seule, soit plus souvent accompagnée de son mari et des amis de ce dernier, et se livrait avec eux à des courses rapides, longues et fatigantes dans les grands bois qui entouraient de tous côtés la maison de Guillery. Il serait facile de nommer les compagnons privilégiés de ces courses à cheval qui étonnaient le voisinage jusque là peu habitué à de pareilles allures chez une jeune femme. On assure que plusieurs de ses compagnons ont été depuis crayonnés, sous des noms d'emprunt, dans le roman de *Rose et Blanche*, premier ouvrage de G. Sand, qu'elle publia, dans le courant de l'année 1831, en collaboration avec Jules Sandeau. »

Si, plus tard, lorsqu'elle écrivit ses Mémoires, G. Sand ne se donne plus la peine d'esquisser les silhouettes respectives de ses compagnons de chasse, elle synthétise cependant leurs qualités comme leurs défauts, et dépeint, en ces termes généraux, le caractère gascon :

« Les Gascons sont de très excellentes gens, pas plus menteurs, pas plus vantards que les autres provinciaux qui le sont tous un peu. Ils ont de l'esprit, peu d'instruction, beaucoup de paresse, de la bonté, de la libéralité, du cœur et du courage. Les bourgeois, à l'époque que je raconte, étaient pour l'éducation et la culture de l'esprit, très au-dessous de ceux de ma province; mais ils avaient une gaieté plus vraie, le caractère plus haut, l'âme plus ouverte à la sympathie. Les caquets de village étaient là tout aussi nombreux, mais infiniment moins méchants que chez nous, et, s'il m'en souvient bien, ils ne l'étaient même pas du tout.

« Les paysans, que je ne pus fréquenter beaucoup, car ce fut seulement vers la fin de mon séjour que je commençai à entendre un peu leur idiôme, me parurent plus heureux et plus indépendants que ceux de chez nous. Tous ceux qui entouraient, à quelque distance, la demeure isolée de Guillery, étaient fort aisés, et je n'en ai jamais vu aucun venir demander des secours. Loin de là, ils semblaient traiter d'égal à égal avec *moussu le Varon*, et, quoique très polis et même cérémonieux, ils avaient presque l'air de s'entendre pour lui accorder une sorte de protection, comme à un voisin honorable qu'ils étaient jaloux de récompenser. On le comblait de présents, et il vivait tout l'hiver des volailles et du gibier vivants qu'on lui apportait en étrennes. Il est vrai que c'était un échange de réfection pantagruelesque. Ce pays est celui de la déesse Manducée. Les jambons, les poulardes farcies, les oies grasses, les canards obèses, les truffes, les gâteaux de millet et de maïs y pleuvent comme dans cette île où Panurge se trouvait si bien; et la maisonnette de Guillery, si pauvre de bien-être apparent, était sous le rapport de la cuisine une abbaye de Thélème, d'où nul ne sortait, qu'il fût noble ou vilain, sans s'apercevoir d'une notable augmentation de poids dans sa personne.

« Ce régime ne m'allait pas du tout. La sauce à la graisse était pour moi une espèce d'empoisonnement, et je m'abstenais souvent de manger, quoique ayant grand faim au retour de la chasse. Aussi je me portais fort mal à l'aise et maigrissais à vue d'œil, au milieu des innombrables cages où les ortolans et les palombes étaient occupés à mourir d'indigestion. »

Casimir Dudevant avait promis à sa femme de la mener de

temps en temps à Bordeaux, qu'habitaient plusieurs membres de sa famille. Bien qu'il eut préféré ne pas quitter Guillery et s'adonner chaque jour à ses goûts favoris, la chasse, la bonne chère et la boisson, il avait compris la nécessité de rompre, pour sa jeune femme, la monotonie des solitudes landaises et de lui procurer quelques plaisirs mondains. Bien qu'Aurore fut peu sensible à ces derniers, elle n'insista pas moins pour se rendre vers la fin de l'automne a Bordeaux, où l'appelait à grands cris son amie Zoë et plus encore le souvenir de celui auquel elle avait donné son cœur dans les grottes de Lourdes et sous l'écume neigeuse de Gavarnie. Le jeune ménage passa donc une quinzaine dans la capitale de la Guyenne, non toutefois sans pousser jusqu'à la Brède, où la famille de Zoë avait une maison de campagne. Serait-ce à Saint-Médard d'Eyrans, canton de la Brède, qui était une propriété de la famille de Sèze ? G. Sand ne le dit pas. Toujours est-il que les deux amoureux s'y retrouvèrent et que fut alors conclu entre eux ce pacte d'amour platonique, auquel il semble qu'ils soient restés fidèles et que confirme la fameuse lettre qu'Aurore adressa peu après à son mari.

Dans son *Histoire de ma Vie*, G. Sand se contente d'écrire ce passage, volontairement énigmatique :

« J'eus là (à la Brède) un très violent chagrin, dont cette inappréciable amie (Zoë) me sauva par l'éloquence du courage et de l'amitié. L'influence que son intelligence vive et sa parole nette eurent sur moi en ce moment de désespérance absolue disposa de plusieurs années de ma vie et fit entrer ma conscience dans un équilibre vainement cherché jusqu'alors. Je revins à Guillery brisée de fatigue, mais calme, après avoir promené sous les grands chênes plantés par Montesquieu des pensées enthousiastes et des méditations riantes où le souvenir du philosophe n'eut aucune part, je l'avoue. Et pourtant j'aurais pu faire ce jeu de mots que l'*Esprit des Lois* était entré d'une certaine façon et à certains égards dans ma nouvelle manière d'accepter la vie. »

Aurore Dudevant se trouvait, à cette heure, à un tournant dangereux de son existence. Séduite de plus en plus par les qualités d'Aurélien de Sèze, qualités « qui faisaient, écrit M. Doumic, si cruellement défaut à Casimir, la culture de l'esprit, le sérieux du caractère, une discrétion de manières qu'on prenait d'abord pour de la froideur, une élégance un peu hautaine », elle était prête à se donner à lui, si du moins à son tour il l'eut réellement voulu. Mais il restait fidèle aux scrupules de sa conscience, « à son honnêteté à toute épreuve, qui sentait son magistrat de l'ancienne école ». Aurélien de Sèze était maître de lui. Aurore en conçut « ce violent chagrin dont elle parle »; mais à son tour elle fut sauvée et consolée par son amie Zoë. Une explication eut lieu entre les deux jeunes gens. Ils jurèrent de toujours s'aimer, mais aussi de rester sans reproche. Et, paraît-il, ce serment fut tenu.

Casimir eut-il vent de cette affection réciproque ? Quelque lettre anonyme lui dévoila-t-elle l'amour de sa jeune femme ? Toujours est-il qu'il brusqua le retour à Guillery, et que, dans un accès de mauvaise humeur, il partit pour Nohant, laissant Aurore et son fils Maurice en compagnie de ses beaux-parents.

C'est alors que « livrée aux inspirations de son cœur ou de son imagination, pour calmer et ramener à elle son mari, Aurore Dudevant eut l'idée étrange, incroyable au premier aspect, de lui envoyer, par la poste, la relation de ses intimités avec Aurélien de Sèze ».

Cette lettre, célèbre à plus d'un titre, appartient à Madame Lesueur de Pérès, dont l'habitation de campagne, le Coulonmé, se trouvait à trois kilomètres à peine de Guillery. Lorsque, dans ses dernières années, Casimir Dudevant, ruiné, eut été forcé de vendre la maison paternelle, il se retira à Barbaste et continua de recevoir plus que jamais la visite de sa très aimable et toujours fidèle amie. C'est alors que pour montrer sa reconnaissance à la jeune femme, dont l'intelligence supérieure, la grâce un peu hautaine et l'indépendance de caractère lui rappelaient peut-être celles de sa femme, il lui fit don, à son lit de mort, de toute la correspondance qu'Aurore lui avait écrite jusqu'au moment de leur séparation. Trésor littéraire inestimable, qui ne pouvait tomber en de meilleures mains et que garde encore, entièrement inédit, avec le soin le plus jaloux, Madame Lesueur de Pérès.

En tête du volumineux paquet, figure la lettre du 8 novembre 1825.

« Elle contient, écrit M. de Pérès, une quarantaine de pages environ, écrites sur du papier in-quarto, d'une écriture anglaise, hardie, déliée, féminine, qui contraste, d'une manière absolue, avec l'écriture bâtarde, magistrale, virile et perpendiculaire qu'avait adoptée G. Sand pendant son règne littéraire.

« C'est un véritable chef-d'œuvre de style; et la jeune femme qui a produit ce chef-d'œuvre, sans se douter peut-être que c'en fut un à ce moment où elle le composait, a atteint du premier bond des hauteurs qu'elle n'a jamais dépassées. »

Pour nous, qui avons eu également cette lettre entre nos mains, qui l'avons lue et relue autrefois, sans qu'il nous fût permis d'en copier le texte, le souvenir que nous en avons gardé est si vivace encore dans notre mémoire, que nous ne voyons aujourd'hui aucun inconvénient, après tant d'autres divulgations plus intimes des sentiments de G. Sand, d'en faire connaître, pour la première fois, l'esprit et le sens des principaux passages.

Dès les premières lignes, Aurore expose à son mari la cause de la lettre qu'elle lui écrit, le but qu'elle poursuit. C'est sa confession pleine et sincère. Elle vient de subir une grande crise morale; mais le trouble est passé, le calme est revenu, le repos veut naître, seulement au prix du pardon. Elle sait Casimir noble et généreux. Elle aurait pu avoir avec lui une explication verbale; elle a préféré lui écrire, les idées étant plus claires, plus faciles à exprimer.

Ce n'est pas qu'elle soit coupable. Elle ne l'a jamais été. Et c'est ce qu'elle veut persuader à son mari, afin qu'il ait confiance en elle, qu'il croit à la pureté de ses actions, que ses soupçons disparaissent à tout jamais. Qu'elle l'écoute donc, non comme une grâce qu'elle ait besoin d'obtenir, mais à seule fin qu'il s'instruise, si cette connaissance est nécessaire à son repos.

Elle lui raconte alors sa jeunesse au Plessis, sa solitude entre sa mère et sa grand-mère, son besoin d'aimer. Elle le rencontre. Elle l'aime aussitôt, pour sa bonté, toujours grande. Elle l'épouse. Mais elle s'aperçoit, hélas ! trop tard, d'une complète différence de goûts. Il n'aimait pas la musique; elle cessa aussitôt d'en faire. Il lisait par complaisance; les yeux bientôt se fermaient et le livre lui tombait des mains. Si elle lui parlait littérature, philosophie, poésie, ou bien les noms des auteurs lui étaient inconnus, ou encore il traitait ses réflexions de folies, de sentiments exaltés et romanesques. Jamais la moindre communion de pensées ni d'idées.

Elle tombe alors dans une profonde mélancolie, que ne peut même pas distraire la vue de Maurice, son bel enfant. C'est qu'elle a toujours soif d'aimer ! Et ici, une page adorable, où elle explique et analyse ce besoin impérieux du cœur, cet ordre de la nature imposé à toute femme de son âge. Pour arriver à se faire comprendre de son mari, elle change ses goûts, modifie sa manière d'être, de penser, d'agir. Rien n'y fait. Elle le pressait dans ses bras; elle sentait qu'il l'aimait. Et cependant quelque chose qu'elle ne pouvait dire manquait à son bonheur.

Alors, elle essaie de la religion. Elle se jette dans la dévotion, espérant y trouver des forces et des consolations. Son confesseur, un excellent homme, lui signale le danger, l'exhorte a ne point continuer de se livrer à cette dangereuse mélancolie. Elle n'a point le courage de suivre ses conseils.

Un voyage peut-être la sauvera. Elle décide Casimir à lui faire voir les Pyrénées. Elle ne demande qu'à admirer avec lui cette nature sauvage et grandiose. Mais là encore, plus elle s'exalte, plus il reste froid.

C'est à ce moment qu'elle rencontre Aurélien de Sèze. Si elle ne le nomme pas, elle le dépeint si bien, elle le pare de tant de grâces et de qualités, qu'il faut être Casimir pour ne pas voir qu'elle en est toujours folle.

Et alors la narration des courses qu'ils font ensemble, la description des lieux magiques qu'ils visitent, l'abbaye de Saint-Savin, le lac de Gaube, enfin Gavarnie ! Là, il lui ouvre son cœur, lui parle d'amour, l'assure de son respect. D'abord elle le repousse, ce qui l'attriste; puis, peu à peu, elle se laisse charmer par sa parole douce et pénétrante. Elle tombe dans ses bras; mouvement irrésistible dont elle ne put se défendre, et dont toute la faute revient à elle.

Le récit de cette scène de Gavarnie est un pur chef-d'œuvre, que n'a surpassé aucune des pages de ses plus poétiques romans.

Cependant les jours se succèdent. Les deux amants se voient sans cesse. Mais leur affection reste pure; leurs sentiments sont si nobles qu'Aurélien va jusqu'à la prier de lui résister toujours. Il aurait horreur d'elle, lui disait-il, s'il venait à souiller la pureté d'un ange !

Ce fut à la grotte de Lourdes, ainsi que nous l'avons déjà écrit, qu'il lui fit ses adieux; c'est à la face de cette nature mystérieuse qu'il lui jure de l'aimer toute sa vie, comme sa mère, comme sa sœur, et de la respecter comme elles. Il la pressa contre son cœur, la seule liberté qu'il se soit jamais permise. Et les deux amoureux ont tenu leur serment.

Mais, depuis, quelles souffrances Aurore ne doit-elle pas endurer, car elle aime toujours son mari. Et ici cette phrase stupéfiante : « *Elle aime l'un davantage : elle aime mieux l'autre !* » Que Casimir essaie de comprendre. En tous cas, qu'il se rassure, puisque elle est bien décidée à ne plus partager son cœur, à rompre avec Aurélien. Elle n'ira plus à Bordeaux; elle ne renouvellera plus la dangereuse promenade de la Brède, où, désespéré de la résolution qu'elle a prise de ne plus le voir, Aurélien veut se tuer. Elle ira avec son époux à Paris, à Nohant, partout où il voudra l'amener. Elle souffrira peut-être encore de cette intimité forcée, car l'esprit de Casimir n'a pas été cultivé, mais son âme est restée ce que Dieu l'avait faite, digne en tous points de la sienne.

D'heureux jours leur sont promis. Elle est sûre que son mari va la comprendre; elle est heureuse de lui avoir tout avoué, pour obtenir ainsi son généreux pardon.

Et la lettre se termine par un pacte étrange qu'Aurore propose à son mari, par lequel elle s'engage à ne pas aller de tout l'hiver à Bordeaux, à ne plus écrire en secret à Aurélien de Sèze, à ne correspondre qu'avec Zoë, dont elle lui fera voir les lettres, à étudier ensemble à Paris comme à Nohant, à ne jamais se livrer à des scènes de ménage toujours regrettables, à vivre enfin calme et tranquille avec lui en s'occupant de l'éducation de leur enfant.

Cette lettre a son épilogue : « Lors du procès en séparation qui eut lieu en 1836, écrit M. René Doumie dans sa si remarquable étude sur George Sand, l'avocat du mari en ayant lu quelques fragments pour charger George Sand, l'avocat de celle-ci (qui était croyons-nous Michel de Bourges), pour toute réplique lut en son entier cette lettre abondante, éloquente, généreuse. L'auditoire éclata en applaudissements. »

Ce que comprit si bien l'auditoire, Casimir, malgré sa petite intelligence, ne pouvait se refuser à le croire. Il accepta donc de bonne grâce, — et c'est ce qu'il avait de mieux à faire, — les explications et les propositions d'Aurore. Il revint bien vite à Guillery; et la vie du jeune ménage y reprit son cours régulier, momentanément à l'abri de tout orage.

Pour se rendre à Bordeaux en cette fin d'octobre 1825, les Dudevant avaient descendu la Garonne. Toujours inquiète de la santé de son fils Maurice, qu'elle avait laissé à Guillery, Aurore, pour son retour, trouva trop longue la montée du fleuve, et, afin d'arriver plus vite, décida qu'elle reviendrait par terre. Peu de routes existaient encore à cette époque, du moins carrossables, dans la forêt des Landes. Elle fut obligée de passer par Casteljaloux, où il lui arriva une assez curieuse aventure. Voici en quels termes charmants elle raconte cet épisode des loups dans l'*Histoire de ma Vie* :

« Nous arrivâmes à Casteljaloux à minuit, et, au sortir d'une affreuse patache, je fus fort aise de trouver mon domestique qui avait amené nos chevaux à notre rencontre. Il ne nous restait que quatre lieues à faire, mais des lieues de pays sur un chemin détestable, par une nuit noire et à travers une forêt de pins immense absolument inhabitée, un véritable coupe-gorge où rôdaient des bandes d'Espagnols, désagréables à rencontrer même en plein jour. Nous n'aperçûmes pourtant pas d'autres êtres vivants que des loups. Comme nous allions forcément au pas dans les ténèbres, ces messieurs nous suivaient tranquillement. Mon mari s'en aperçut à l'inquiétude de son cheval et il me dit de passer devant et de bien tenir Colette pour qu'elle ne s'effrayât pas. Je vis alors briller deux yeux à ma droite, puis je les vis passer à gauche. « Combien « y en a-t-il ? demandai-je. — Je crois qu'il n'y en a que deux, « me répondit mon mari; mais il en peut venir d'autres; ne « vous endormez pas. C'est tout ce qu'il y a à faire. »

« J'étais si lasse, que l'avertissement n'était pas de trop. Je me tins en garde, et nous gagnâmes la maison, à quatre heures du matin, sans accident.

« On était très habitué alors à ces rencontres dans les forêts de pins et de lièges. Il ne se passait pas de jour que l'on n'entendît les bergers crier pour s'avertir, d'un taillis à l'autre, de la présence de l'ennemi. Ces bergers, moins poétiques que ceux des Pyrénées, avaient cependant assez de caractère, avec leurs manteaux tailladés et leurs fusils en guise de houlette. Leurs maigres chiens noirs étaient moins imposants, mais aussi hardis que ceux de la montagne.

« Pendant quelque temps, il y eut bonne défense aussi à Guillery. Pigon était un métis plaine et montagne, non seulement courageux, mais héroïque à l'endroit des loups. Il s'en allait, la nuit, tout seul, les provoquer dans les bois, et il revenait, le matin, avec des lambeaux de leur chair et de leur peau attachés à son redoutable collier, hérissé de pointes de fer. Mais un soir, hélas ! on oublia de lui remettre son armure de guerre; l'intrépide animal partit pour sa chasse nocturne et ne revint pas.

« L'hiver fut un peu plus rude que de coutume en ce pays. La Garonne déborda, et, par contre, ses affluents. Nous fûmes bloqués pendant quelques jours; les loups affamés devinrent très hardis; ils mangèrent tous nos jeunes chiens. La maison était bâtie en pleine campagne, sans cour, ni clôture d'aucune sorte. Ces bêtes sauvages venaient donc hurler sous nos fenêtres; et il y en eut une qui s'amusa, pendant une nuit, à ronger la porte de notre appartement, situé au niveau du sol. Je l'entendais fort bien. Je lisais dans une chambre; mon mari dormait dans l'autre. J'ouvris la porte vitrée et appelai Pigon, pensant que c'était lui qui revenait et voulait entrer. J'allais ouvrir le volet, quand mon mari s'éveilla et me cria : « Eh non, non, c'est le loup ! » Telle est la tranquillité de l'habitude que mon mari se rendormit sur l'autre oreille et que je repris mon livre, tandis que le loup continuait à manger la porte. Il ne put l'entamer beaucoup, elle était solide; mais il la machura de manière à y laisser ses traces. Je ne crois pas qu'il eût de mauvais desseins. Peut-être était-ce un jeune sujet qui voulait faire ses dents sur le premier objet venu, à la manière des jeunes chiens.

« Un jour que, vers le coucher du soleil, mon beau-père allait voir un de ses amis à une demi-lieue de la maison, il rencontra à mi-chemin un loup, puis deux, puis trois, et en un instant il en compta quatorze. Il n'y fit pas grande attention; les loups n'attaquent guère; ils suivent; ils attendent que le cheval s'effraye, qu'il renverse son cavalier, ou qu'il bronche et tombe avec lui. Alors il faut se relever vite ; autrement ils vous étranglent. Mon beau-père, ayant un cheval habitué à ces rencontres, continua assez tranquillement sa route ; mais lorsqu'il s'arrêta à la grille de son voisin pour sonner, un de ses quatorze acolytes sauta au flanc de son cheval et mordit le bord de son manteau. Il n'avait pour défense qu'une cravache, dont il s'escrima sans effrayer l'ennemi ; alors il imagina de sauter à terre et de secouer violemment son manteau au nez des assaillants, qui s'enfuirent à toutes jambes. Cependant il avouait avoir trouvé la grille bien lente à s'ouvrir, et l'avoir vue enfin ouverte avec une grande satisfaction.

« Cette aventure du vieux colonel était déjà ancienne. A l'époque de mon récit, il était si goutteux qu'il fallait deux hommes pour le mettre sur son cheval et l'en faire descendre. Pourtant lorsqu'il était sur son petit bidet brun miroité, à crinière blonde, malgré sa grosse houppelande, ses longues guêtres en drap olive et ses cheveux blancs flottant au vent, il

avait encore une tournure martiale et maniait tout doucement sa monture mieux qu'aucun de nous.

« J'ai parlé des bandes d'Espagnols qui couraient le pays.
C'étaient des Catalans principalement, habitants nomades du
revers des Pyrénées. Les uns venaient chercher de l'ouvrage
comme journaliers et inspiraient assez de confiance malgré
leur mauvaise mine ; les autres arrivaient par groupes avec
des troupeaux de chèvres qu'ils faisaient paturer dans les
vastes espaces incultes des landes environnantes ; mais ils
s'aventuraient souvent sur la lisière des bois, où leurs bêtes
étaient fort nuisibles. Les pourparlers étaient désagréables.
Ils se retiraient sans rien dire, prenaient leur distance, et,
maniant la fronde ou lançant le bâton avec une grande
adresse, ils vous donnaient avis de ne pas trop les déranger à
l'avenir. On les craignait beaucoup, et j'ignore si on est par-
venu à se débarrasser de leur parcours. Mais je sais que cet
abus persistait encore il y a quelques années et que des propriétaires avaient été blessés et même tués dans ces combats.

« C'était pourtant la même race d'hommes que ces monta-
guards austères dont j'avais envié, aux Pyrénées, le poétique
destin. Ils étaient forts dévots, et qui sait s'ils ne croyaient
pas consacrer comme un droit religieux l'occupation de nos
landes par leurs troupeaux ? Peut-être regardaient-ils cette
terre immense et quasi déserte comme un pays vierge que
Dieu leur avait livré et qu'ils devaient défendre, en son nom,
contre les envahissements de la propriété individuelle.

« C'était donc un pays de loups et de brigands que Guillery ; et pourtant nous y étions tranquilles et joyeux. On s'y
voyait beaucoup. Les grands et petits propriétaires d'alen-
tour n'ayant absolument rien à faire, et cultivant, en outre,
le goût de ne rien faire, leur vie se passait en promenades, en
chasses, en réunions et en repas les uns chez les autres. »

Et George Sand de citer les noms des familles les plus en
vue du pays, chez lesquelles elle fréquentait. Non pas, avons-
nous dit, qu'elle y prit un plaisir extrême ; elle a laissé chez
elles et les derniers survivants de cette époque le souvenir
d'une femme froide, glaciale, indifférente à tout, quoique

toujours polie. « Ce n'était pas, a déjà écrit M. Lesueur de
Pérès, voisin et ami de son mari, de l'orgueil, ni de la sau-
vagerie ; mais ce n'était pas non plus ce désir de plaire et
de réussir qui domine dans la jeune femme à laquelle le mariage vient d'ouvrir les portes de la société. En somme, et
pour parler le langage vulgaire, *tout cela lui était bien égal.*
Son corps était présent, mais son esprit était ailleurs. » M. de
Pérès aurait pu ajouter : son cœur aussi, hypnotisée qu'elle
était à ce moment par son attachement pour Aurélien de
Sèze, qu'avivait encore une séparation prolongée.

En tête des relations qu'elle se plaît à évoquer, elle nomme
la *marquise de Lusignan,* « la belle et aimable chatelaine du
très romantique et important manoir de Xaintrailles, » madame de Lusignan, née d'Aymard d'Alby de Chateaurenard,
mariée, en 1811, au dernier marquis de Lusignan, ancien
officier de cavalerie qui s'était distingué pendant les guerres
du premier Empire et qui avait pris sa retraite dans le vieux
château de Xaintrailles, berceau du maréchal Poton, où il
vivait, sous la Restauration, assez retiré, avant que les électeurs de l'arrondissement de Nérac ne l'envoyassent à la
Chambre des députés, sous le gouvernement de Juillet; mis-
sion qu'il remplit fort honorablement jusqu'à sa mort, arrivée
le 5 avril 1844. Madame de Lusignan continua de vivre au
château de Xaintrailles, jusqu'en 1863, date de son décès, ne
cessant de prodiguer ses soins et sa générosité à toutes les
infortunes, et laissant le souvenir d'une grande dame de l'ancien régime, d'un esprit fort aimable et d'une suprême distinction (1).

Les Dudevant visitaient aussi la famille *de Beaumont,* dans
son « magnifique château de Buzet, nid féodal perché au-
dessus des splendides plaines de la Garonne », et qui les
attirait « par des réunions nombreuses et des charades en
action. » Le château de Buzet, qui depuis le xvi⁰ siècle était
la propriété des Grossolles de Flammarens, venait de passer

---

(1) Voir notre *Etude sur le château de Xaintrailles.* Agen 1874, in-8° de 124
pages.

dans la famille de Beaumont par le mariage de Madeleine-Joséphine de Grossolles avec Christophe-Amable-Louis, comte de Beaumont. Il y mourut le 29 juin 1843, âgé de 67 ans, laissant un fils, **Amblard** de Beaumont, mort au même château l'année suivante, et une fille, Marie de Beaumont, mariée en 1852, au comte Alfred de Noailles. Le château de Buzet appartenait naguère encore à Madame de Noailles, décédée dans les premiers mois de 1915.

« De Logareil, ajoute G. Sand, à deux pas de chez nous, à travers bois, le bon Auguste Berthet venait chaque jour. » Laugareil, à deux kilomètres, en effet, à l'ouest de Guillery, était une agréable maison de campagne, entourée de tous côtés de bois de pins et de chênes-liège et habitée, à ce moment, par *M. Auguste Berretté*, et non Berthet comme l'écrit à tort G. Sand.

Voici l'anecdote inédite que ce bon vieillard, mort juge de paix du canton de Houeillès, se plaisait à raconter au sujet de son étrange voisine et que nous avons recueillie de la bouche même d'un de ses anciens amis.

« Un jour qu'il chassait à courre avec Aurore Dudevant, son mari et quelques amis, ils furent surpris sur les landes de Durance par un violent orage et une pluie battante qui les trempa jusqu'aux os. Assez éloignés de Guillery, ils durent se réfugier dans une pauvre chaumière pour se mettre à l'abri et sécher leurs vêtements. Un grand feu fut allumé dans la vaste cheminée, devant laquelle ils se rangèrent en cercle. Dans la pièce servant à la fois de chambre et de cuisine se trouvait un berceau avec un nouveau né.

« Madame Dudevant cessa tout d'un coup de prendre part à la conversation et parut s'absorber dans une méditation profonde, en considérant le berceau et la misérable chambre qui l'abritait. Puis, imposant silence à ses compagnons et le leur montrant du doigt :

« Voilà, dit-elle, une créature qui n'a pas demandé la vie. Le hasard fait naître cet enfant dans une misérable chaumière. Que sera sa destinée ? Il vivra de privations, de pain noir, travaillant du matin au soir, sans horizon pour la peusée, sans culture intellectuelle, sans idéal... S'il fut né dans un château, que de soins, que de caresses, quel luxe, quel riant avenir ! Enfance heureuse et choyée, instruction, éducation, maîtres choisis, développement de toutes ses facultés. Ici, bête de somme ; là-bas, penseur, homme de loisir, avec toutes les satisfactions matérielles, intellectuelles et morales. Le contraste n'est-il pas excessif, l'inégalité des conditions choquante, si rien ne vient la diminuer. La société n'a-t-elle aucun devoir à remplir envers le malheureux qui naît ainsi dans la misère et y semble condamné à perpétuité ? »

« La-dessus, les réflexions philosophiques, politiques et sociales les plus profondes, les plus saisissantes.

« Elle les tint plus d'une heure sous le charme de sa parole et de ses aperçus véritablement extraordinaires, qui étaient comme une prescience et une peinture du mouvement social actuel.

« Ce fut pour tous une véritable révélation, qui les impressionna vivement et laissa plus d'un songeur et perplexe. »

Cette tirade philanthropique ne fait-elle pas pressentir la prochaine féministe de 1832 et plus encore la socialiste de 1848 ?

Le même Monsieur Berretté ajoutait : « Madame Dudevant avait souvent des boutades inattendues. Un jour, à table, après une plaisanterie un peu lourde de son mari, elle se pencha vers lui et lui dit à mi-voix, mais de façon pourtant à être entendue : « Mon pauvre Casimir, tu es bien bête ! mais, tout de même, je t'aime bien comme cela (1). »

Enfin, G. Sand cite encore les noms de quelques autres familles du pays avec lesquelles elle avait des relations suivies. Les « *de Batz-Trenquelléon* », du château de Trenquelléon, ce joli spécimen de l'art architectural français à la fin du XVIIIe

---

(1) Cette curieuse relation, nous la devons à l'obligeance de M. Jules Nismes, négociant à Pont-de-Bordes, ancien ami de M. Auguste Berreté et propriétaire actuel de Guillery. Qu'il nous permette de le remercier ici de la permission qu'il a bien voulu nous accorder de reproduire en tête de ce chapitre la photographie de la résidence des Dudevant, et de la complaisance qu'il a mise à nous y accompagner, nous en faisant valoir les aspects si pittoresques et évoquant de nombreux souvenirs de la vie intime de la future G. Sand.

siècle, paresseusement couché dans un oasis de verdure sur
les bords de la Baïse, et qu'habitait à ce moment le baron
Charles de Trenquelléon, conseiller général, chevalier de la
Légion d'honneur, marié à Bernardine de Sevin, père de
trois fils, Charles, l'auteur de très jolis rondeaux, Arthur et
Léopold, et cousin d'autres Trenquelléon, résidant dans la
contrée, dont l'un, propriétaire à Gajan, pourrait bien avoir
été l'ami intime de Casimir Dudevant: — les « *Gramont de Vil-
lemontès*» , vieille famille originaire de la vicomté de Turenne,
représentée à ce moment à Nérac par Armand de Gramont,
fils du général Frédéric-Maurice de Gramont, tué en 1794 à
la prise de Collioure et propriétaire du château de Casau du
Bos, sis à cinq kilomètres au sud-est de Nérac, qu'il venait
de réparer ; et aussi par d'autres Gramont, notamment un
cousin du précédent, surnommé par ses amis Gramounet,
célibataire, et l'un des hôtes de Guillery; — et encore : « le *bon
petit médecin Larnaude* », simple officier de santé, de Barbaste, qui n'a pas laissé de postérité; — « *Lespinasse* », qui ré-
sidait au petit manoir de Bignac, dans les bois de pins, à 5 kilomètres au sud de Guillery; — « *d'Ast* », d'une famille néra-
caise, d'abord avocat, puis substitut à Nérac sous le gouvernement de Juillet, — « et tant d'autres de Nérac, écrit G. Sand,
que je me rappelle avec affection, tous gens aimables, pleins de
bienveillance et de sympathie pour moi, hommes et femmes :
bons enfants, actifs et jeunes, même les vieux, vivant en
bonne intelligence, sans distinction de caste et sans querelle
d'opinion. Je n'ai gardé de ce pays-là que des souvenirs doux
et charmants. »

Habitait également Nérac et ses environs *Fannelly de Brisac*, une des amies d'Aurore, avec laquelle elle s'était intime-
ment liée au couvent des Anglaises de la rue des Fossés
Saint-Victor. Elle en parle en termes charmants au chapitre
XIII de la troisième partie de ses Mémoires et la dépeint « fraîche comme une rose et d'une physionomie si vive, si fran-
che, si bonne qu'on avait du plaisir à la regarder. Elle avait
de magnifiques cheveux cendrés qui tombaient en longues
boucles sur ses yeux bleus et ses joues rondelettes. Comme

elle remuait toujours, qu'elle ne savait pas marcher sans courir, ni courir sans bondir comme une balle, ce perpétuel flottement de cheveux était la chose la plus gaie du monde. Ses lèvres vermeilles ne savaient que sourire, et, comme elle était de Nérac, elle avait un petit accent gascon qui réjouissait l'oreille..... »

La famille de Brisac était, en effet, une vielle famille du Néracais, qui avait donné à son pays, dit Samazeuilh, des hommes de robe, des hommes d'épée et des membres de l'administration. En 1764, André de Brisac se qualifia seigneur d'Andiran et d'Hordosse. Son dernier représentant, Joseph-Mathieu de Brisac fut maire de Nérac de 1811 à 1821. Il était le frère de Fannelly, qui, en 1825, venait d'épouser le comte Le Franc de Pompignan, petit-fils du poète toulousain, et qui apporta ainsi à cette famille la terre d'Hordosse, au confluent de la Gélise et de l'Osse, séjour, autrefois, du poète gascon Salluste du Bartas, que les Pompignan possèdent encore aujourd'hui. Fannelly, malheureusement, ne se trouvait ni à Hordosse, ni à Nérac, quand Aurore habitait Guillery. « Elle était à Toulouse ou à Paris, je ne sais plus. Je ne trouvai que sa sœur Amena, une charmante femme aussi, avec qui j'eus le plaisir de parler du couvent. »

L'hiver de 1826 se passa ainsi en fréquentes visites dans les environs, en invitations acceptées et rendues, en chasses à courre surtout dans les bois de pins et de chênes-liège. dont l'âpre poésie exerçait de plus en plus sur l'esprit d'Aurore sa magique influence. Aussi, comme elle se plaît à se rappeler, plus tard, leur sauvage aspect ainsi que leurs avantages pratiques :

« Le liège est un produit magnifiquement lucratif de ces contrées. C'est le seul coin de la France où il pousse abondamment ; et comme il reste fort supérieur en qualité à celui de l'Espagne, il se vend fort cher. J'étais étonnée quand mon beau-père, me montrant un petit tas d'écorces d'arbres empilées sous un petit hangar, me disait : « Voici la récolte de « l'année, quatre cents francs de dépense et vingt cinq mille « francs de profit net.

« Le chêne-liège est un gros vilain arbre en été. Son feuillage est rude et terne ; son ombre épaisse étouffe toute végétation autour de lui, et le soin qu'on prend de lui enlever son écorce, qui est le liège même, jusqu'à la naissance des maîtresses branches, le laisse dépouillé et difforme. Les plus frais de ces écorchés sont d'un rouge sanglant, tandis que d'autres, bruns déjà par un commencement de nouvelle peau, sont d'un noir brûlé ou enfumé, comme si un incendie avait passé et pris ces géants jusqu'à la ceinture. Mais, l'hiver, cette verdure éternelle a son prix. La seule chose dont j'eusse vraiment peur dans les bois, c'était des troupeaux innombrables de cochons tachetés de noir, qui erraient, en criant d'un ton aigre et sauvage à la dispute de la glandée.

« Le surier ou chêne-liège n'exige aucun soin. On ne le taille ni le dirige. Il se fait sa place et vit enchanté d'un sable aride en apparence. A vingt ou trente ans, il commence à être bon à écorcher. A mesure qu'il prend de l'âge, sa peau devient meilleure et se renouvelle plus vite, car dès lors, tous les dix ans, on procède à sa toilette en lui faisant deux grandes incisions verticales en temps utile. Puis, quand il a pris soin lui-même d'aider, par un travail naturel préalable, au travail de l'ouvrier, celui-ci lui glisse un petit outil *ad hoc* entre cuir et chair, et s'empare aisément du liège, qui vient en deux grands morceaux proprement coupés. Je ne sais pourquoi cette opération me répugnait comme une chose cruelle. Pourtant ces arbres étranges ne paraissaient pas en souffrir le moins du monde et grandissaient deux fois centenaires sous le régime de cette décortication périodique.

« Les *pignades* (bois de pins) de futaie n'étaient guère plus gaies que les *surettes* (bois de lièges). Ces troncs lisses et tous semblables, comme des colonnes élancées, surmontés d'une grosse tête ronde d'une fraîcheur monotone, cette ombre impénétrable, ces blessures d'où pleurait la résine, c'était à donner le spleen quand on avait à faire une longue route sans autre distraction que ce que mon beau-père appelait *compter les orangers lanusquets*. Mais, en revanche, les jeunes bois, coupés de petits chemins de sable bien sinueux et

ondulés, les petits ruisseaux babillant sous les grandes fou-
gères, les folles clairières tourbeuses qui s'ouvraient sur la
lande immense, infinie, rose et bleue comme la mer; les vieux
manoirs pittoresques, géants d'un autre âge, qui semblaient
grandir de toute la petitesse, particulière à ce pays, des mo-
dernes constructions environnantes; enfin, la chaîne des
Pyrénées, qui, malgré la distance de trente lieues à vol d'oiseau, tout à coup, en de certaines dispositions de l'atmosphère, se dressait à l'horizon comme une muraille d'argent
rosée, dentelée de rubis ; c'était, en somme, une nature intéressante sous un climat délicieux. »

Malgré les promesses faites six mois avant, mais oubliées
d'un commun accord, le jeune ménage alla achever l'hiver à
Bordeaux, se faisant suivre cette fois de Maurice, âgé à peine
de trois ans. Aurore y retrouva l'agréable société des eaux de
Cauterets. « J'y fis connaissance, dit-elle, avec les oncles,
cousins et cousines de mon mari, tous gens très honorables
et qui me témoignèrent de l'amitié ». Elle y revit surtout, ce
qu'elle ne dit pas, Aurélien de Sèze, déjà avocat-général, de
plus en plus correct et froid, toujours fidèle à son serment.

Tous les jours elle voyait sa chère Zoé, ses sœurs, ses frères. « Mais un jour, écrit-elle, que j'étais chez elle sans Maurice, mon mari entra brusquement, très pâle, en me disant :
« Il est mort ! » Je crus que c'était Maurice; je tombai sur mes
genoux. Zoé, qui comprit et entendit ce qu'ajoutait mon mari,
me cria vite : « Non, non, votre beau-père ! » Les entrailles
maternelles sont féroces; j'eus un violent mouvement de joie;
mais ce fut un éclair. J'aimais véritablement mon vieux papa,
et je fondis en larmes. »

George Sand, comme presque toujours, est ici très sincère.
N'avait-elle pas déjà écrit, à propos de lui : « Mon beau-père
était enjoué et bienveillant, colère, mais tendre, sensible et
juste. J'aurais volontiers passé ma vie auprès de cet aimable
vieillard, et je suis certain que nul orage domestique n'eut ap-
proché de nous ; mais j'étais condamnée à perdre tous mes
protecteurs naturels, et je ne devais pas conserver longtemps celui-là. »

La mort du baron Dudevant, arrivée le 26 février 1826, enlevait en effet à la jeune femme son plus solide soutien. Entre son mari, dont elle s'éloignait de plus en plus, et sa belle-mère qu'elle n'aima jamais et qui le lui rendait bien, l'existence devenait fort pénible pour elle. Guillery, dont cette dernière avait la jouissance, allait lui être fermé. Quel avenir lui était-il réservé ?

Les jeunes époux s'empressèrent, à la nouvelle de la mort du colonel, de quitter le même jour Bordeaux et de rentrer à Guillery, où ils passèrent une quinzaine seulement auprès de la baronne. Dans quel état d'esprit la trouvèrent-ils et comment ressentait-elle la perte qu'elle venait de faire en la personne de son mari ? C'est ce que va nous expliquer Aurore dans ce curieux portrait qu'elle trace d'elle et que ne désavouerait pas la plume moderne de Paul Bourget :

« Nous trouvâmes Madame Dudevant dans la chambre même où, en deux jours, son mari était mort d'une attaque de goutte dans l'estomac. Elle n'était pas encore sortie de cette chambre qu'elle avait habitée une vingtaine d'années avec lui, et où les deux lits restaient côte à côte. Je trouvai cela touchant et respectable. C'était de la douleur comme je la comprenais, sans effroi ni dégoût de la mort d'un être bien-aimé.

« J'embrassai Madame Dudevant avec une véritable effusion et je pleurai tant tout le jour auprès d'elle, que je ne songeai pas à m'étonner de ses yeux secs et de son air tranquille. Je pensais d'ailleurs que l'excès de la douleur retenait ses larmes et qu'elle devait affreusement souffrir de n'en pouvoir répandre ; mais mon imagination faisait tous les frais de cette sensibilité refoulée. Madame Dudevant était une personne glacée autant que glaciale. Elle avait certainement aimé son excellent compagnon, et elle le regrettait autant qu'il lui était possible ; mais elle était de la nature des lièges ; elle avait une écorce très épaisse qui la garantissait du contact des choses extérieures ; seulement cette écorce tenait bien et ne tombait jamais.

« Ce n'est pas qu'elle ne fût aimable ; elle était gracieuse à la surface, un grand savoir-vivre lui tenant lieu de grâce véri-

table. Mais elle n'aimait réellement personne et ne s'intéres-
sait à rien qu'à elle-même. Elle avait une jolie figure douce
sur un corps plat, osseux, carré et large d'épaules. Cette
figure donnait confiance, mais la face seule ne traduit pas l'or-
ganisation entière. En regardant ses mains sèches et dures,
ses doigts noueux et ses grands pieds, on sentait une nature
sans charme, sans nuances, sans élans ni retours de tendresse. Elle était maladive, et entretenait la maladie par un
régime de petits soins dont le résultat était l'étiolement. Elle
était vétue en hiver de quatorze jupons qui ne réussissaient
pas à arrondir sa personne. Elle prenait mille petites drogues,
faisait à peine quelques pas autour de sa maison, quand elle
rencontrait, un jour par mois, le temps désirable. Elle parlait peu et d'une voix si mourante qu'on se penchait vers elle
avec le respect instinctif qu'inspire la faiblesse. Mais dans
son sourire banal, il y avait quelque chose d'amer et de per-
fide, dont par moments j'étais frappée et que je ne m'expli-
quais pas. Ses compliments cachaient les petites aiguilles
fines d'une intention épigrammatique. Si elle eut eu de l'esprit, elle eût été méchante.

« Je ne crois pourtant pas qu'elle fût foncièrement mauvaise. Privée de santé et de courage, elle était aigrie intérieu-
rement, et, à force de se tenir sur la défensive contre le froid
et le chaud et de se défier de tous les agents extérieurs qui
pouvaient apporter dans son état physique une perturbation
quelconque, elle en était venue à étendre ces précautions et
cette abstention aux choses morales, aux affections et aux
idées. Elle n'en était que plus tendue et plus nerveuse, et,
quand elle était surprise par la colère, on pouvait s'émerveil-
ler de voir ce corps brisé retrouver une vigueur fébrile, et
d'entendre cette voix languissante et cette parole doucereuse
prendre un accent très âpre et trouver des expressions très
énergiques.

« Elle était, je crois, tout à fait impropre à gouverner ses
affaires, et quand elle se vit à la tête de sa maison et de sa
fortune, il se fit en elle une crise d'effroi et d'inquiétude
égoïste qui la conduisit spontanément à l'avarice, à l'ingrati-

tude et à une sorte de fausseté. Ennuyée de sa froide oisiveté, elle attira tour à tour auprès d'elle des amis, des parents, céux de son mari et les siens. Elle exploita leurs dévouements successifs, ne put vivre avec aucun d'eux et s'amusa à les tromper tous en morcelant sa fortune entre plusieurs héritiers qu'elle connaissait à peine, et en frustrant d'une récompense méritée jusqu'à de vieux serviteurs qui lui avaient consacré trente ans de soins et de fidélité.

« Elle était riche par elle-même, et n'ayant pas d'enfants, même adoptifs, il semble qu'elle eût dû abandonner à son beau-fils au moins une partie de l'héritage paternel. Il n'en fut rien. Elle s'était assuré de longue main, par testament, la jouissance de cette petite fortune, et même elle avait tenté d'en saisir la possession par la rédaction d'une clause qui se trouva, heureusement pour l'avenir de mon mari, contraire aux droits que la loi lui assurait.

« Mon mari, connaissant d'avance les dispositions testamentaires de son père, ne fut pas surpris de ne voir aucun changement dans sa situation. Il resta très soumis et aussi tendre qu'il lui fut possible auprès de sa belle-mère, espérant qu'elle lui ferait plus tard la part meilleure; mais ce fut en pure perte. Elle ne l'aima jamais, le chassa de son lit de mort et ne lui laissa que ce qu'elle n'avait pu lui ôter.

« Cette pauvre femme m'a fait, à moi, sous d'autres rapports, tout le mal qu'elle a pu; mais je l'ai toujours plainte. Je ne connais pas d'existence qui mérite plus de pitié que celle d'une personne riche sans postérité, qui se sent entourée d'égards qu'elle peut croire intéressés, et qui voit dans tous ceux qui l'approchent des aspirants à ses largesses. Etre égoïste par instinct avec cela, c'est trop, car c'est le complément d'une destinée stérile et amère. »

Quoique en grand deuil, le jeune ménage Dudevant reprit, presque aussitôt après la mort du vieux baron, le chemin de Bordeaux. C'est du moins ce qu'écrit George Sand dans ses Mémoires. Sur ce qu'elle y fit, elle ne nous donne. aucun détail. « Nous retournâmes à Bordeaux, puis encore à Guillery, au mois de mai. » Et c'est tout. Mais le charme est tout à fait rompu. « Cette fois, dit-elle, le pays ne me parut pas agréable. Ce sable fin devient si léger, quand il est sec, que le moindre pas le soulève en nuages ardents qu'on avale quoiqu'on fasse. Nous passâmes l'été à Nohant, et, de cette époque jusqu'en 1831, je ne fis plus que de très courtes absences. »

Aurore Dudevant ne revint plus habiter Guillery. La présence de sa belle-mère l'en éloigna pour toujours.

Continua-t-elle, à Bordeaux, ou ailleurs, à voir Aurélien de Sèze ? Il semble bien que non ; « ce dernier ayant pris au plus grand sérieux, comme il faisait toutes choses, écrit M. Doumic, ce rôle d'ami de l'âme qu'il s'était assigné. Il devint pour la jeune femme un directeur de conscience. On a conservé les lettres qu'il lui adressait. Nous les connaissons par les analyses et les extraits qu'en a publiés M. Rocheblave et par les commentaires pénétrants qu'il en a donnés. (*Revue de Paris*, 15 décembre 1894.) Ce sont des lettres de direction, des lettres spirituelles. Le confesseur laïque s'efforce surtout de calmer les impatiences de cette âme chaque jour plus ardente et plus inquiète : il combat en elle cette manie de philosopher, ce désir de tout creuser, de tout approfondir. Fort de son calme, il lui redit en cent façons : « Soyez calme ! » Le conseil est bon ; la difficulté n'était que de le suivre. »

Aussi semble-t-il qu'Aurore lui échappe peu à peu et se soit, la première, lassée d'une relation, qui resta toujours pure, et, de ce fait, ne fut qu'une crise d'enthousiasme. Quand ils sont si éthérés, les amours peuvent-ils durer longtemps ?

Un matin de septembre 1828, un visiteur frappa à la porte de la maison de Nohant, où s'était retirée définitivement Aurore Dudevant. C'était Aurélien de Sèze. « Je me souviens de l'étonnement d'un de mes amis de Bordeaux, écrit-elle sans le nommer, qui était venu nous voir, quand il me trouva, de grand matin, seule au salon, dépliant et arrangeant la layette, qui était encore en partie dans ma boîte à ouvrage. « Que faites-vous donc là, me dit-il ? — Ma foi, vous le voyez, lui répondis-je, je me dépêche pour quelqu'un qui arrive plus tôt que je ne pensais. » Solange venait, en effet, ce jour-là, au monde. M. de Sèze la salua et partit aussitôt. Ce fut une des dernières rencontres des deux anciens amoureux.

Malgré la naissance de sa fille, malgré les soins qu'elle ne cessait de prodiguer à son fils chéri, Maurice, Aurore Dudevant tomba à ce moment dans un isolement moral absolu. Elle ne s'en cache pas dans ses Mémoires.

« La solitude morale, avait-elle écrit précédemment, était profonde, absolue; elle eût été mortelle à une âme tendre et à une jeunesse encore dans sa fleur, si elle ne se fût remplie d'un rêve qui avait pris l'importance d'une passion, non plus dans ma vie, puisque j'avais sacrifié ma vie au devoir, mais dans ma pensée. Un être absent avec lequel je m'entretenais sans cesse, à qui je rapportais toutes mes réflexions, toutes mes rêveries, toutes mes humbles vertus, tout mon platonique enthousiasme, un être excellent en réalité, mais que je parais de toutes les perfections que ne comporte pas l'humaine nature, un homme enfin qui m'apparaissait quelques jours, quelques heures parfois, dans le courant d'une année, et qui, romanesque auprès de moi, autant que moi-même, n'avait mis aucun effroi dans ma religion, aucun trouble dans ma conscience, ce fut là le soutien et la consolation de mon exil dans le monde de la réalité. »

Mais ce soutien ne devait pas, ne pouvait pas être éternel. Trois ans se passèrent, au bout desquels George Sand écrit cette admirable confession, la seule sur son premier roman :
« L'être absent, je pourrais presque dire l'*invisible*, dont j'avais fait le troisième terme de mon existence, (*Dieu, lui* et *moi*) était fatigué de cette aspiration surhumaine à l'amour sublime. Généreux et tendre, il ne le disait pas; mais ses lettres devenaient plus rares, ses expressions plus vives ou plus froides, selon le sens que je voulais y attacher. Ses passions avaient besoin d'un autre aliment que l'amitié enthousiaste et la vie épistolaire. Il avait fait un serment qu'il m'avait tenu régulièrement et sans lequel j'eusse rompu avec lui; mais il ne m'avait pas fait de serment restrictif à l'égard des joies ou des plaisirs qu'il pouvait rencontrer ailleurs. Je sentis que je devenais pour lui une chaîne terrible ou que je n'étais plus qu'un amusement d'esprit. Je penchai trop modestement vers cette dernière opinion, et j'ai su plus tard que je m'étais trom-

pée. Je ne m'en suis que davantage applaudie d'avoir mis fin à la contrainte de son cœur et à l'empêchement de sa destinée. Je l'aimai longtemps encore dans le silence et l'abattement. Puis je pensai à lui avec calme, avec reconnaissance, et je n'y pensai jamais qu'avec une amitié sérieuse et une estime fondée.

« Il n'y eut ni explication, ni reproche, dès que mon parti fut pris. De quoi me serais-je plainte ? Que pouvais-je exiger ? Pourquoi aurais-je tourmenté cette belle et bonne âme, gâté cette vie pleine d'avenir ? Il y a d'ailleurs un point de détachement où celui qui a fait le premier pas ne doit plus être interrogé et persécuté, sous peine d'être forcé de devenir cruel ou malheureux. Je ne voulais pas qu'il en fut ainsi. Il n'avait pas mérité de souffrir, *lui*, et moi je ne voulais pas descendre dans son respect, en risquant de l'irriter...

« Quand ce divorce tranquille, mais sans retour, fut accompli, j'essayai de continuer l'existence que rien d'extérieur n'avait dérangée ni modifiée; mais cela fut impossible. Ma petite chambre ne voulait plus de moi. »

Des soucis domestiques, de nouveaux conflits avec son mari, qui ouvertemnt trompait sa femme avec les servantes de la maison et s'adonnait de plus en plus à la boisson, rendirent à Madame Dudevant le séjour de Nohant tout à fait impossible. Elle n'eut plus qu'une idée, fuir ce lieu de supplice, reprendre sa liberté, aller à Paris. Elle s'en ouvrit à Casimir, ne demanda qu'une pension annuelle de 1,500 livres, prit un certain Boucoiran comme précepteur de ses enfants qu'elle laissait à son mari, et lui promit de revenir passer l'été avec lui. Casimir accepta, sans restriction aucune, ce pacte étrange; et, dès la fin du terrible hiver de 1830, la jeune femme, libre enfin, prenait le chemin de Paris.

Nous ne l'y suivrons pas, la vie qu'elle allait mener désormais étant connue de tous, et ce sujet ne rentrant pas dans le cadre tout local de cette étude.

— Disons toutefois que, longtemps encore, les relations entre les deux époux demeurèrent, non seulement des plus correctes, mais, chose assez bizarre, affectueuses. Nous en avons pour preuve les nombreuses lettres, inédites, qu'Aurore écrivit à ce moment à son mari. Elles font partie de la collection de Madame Lesueur de Pérès et méritent, ainsi que nous l'avons fait pour la lettre célèbre du 8 novembre, que nous nous y arrêtions un instant.

Du premier paquet de lettres de 1824 et 1825 nous ne dirons rien, sinon qu'elles sont simples, courtes, naturelles, d'une grâce exempte de tout souci. Il y est surtout question des enfants en général et de Maurice en particulier. Une d'elles commence ainsi : « Où es-tu ? que fais-tu, mon ange ? »

Celles de 1826, beaucoup moins nombreuses, n'offrent aucune particularité.

Des dix lettres de 1827, toujours écrites de Nohant et adressées à Guillery où villégiature « son bon vieux Casi », ainsi qu'elle le nomme, une seule est à retenir, celle où Aurore raconte à son mari une déclaration d'amour qu'elle a eu à subir de Jules, sans doute le précepteur de ses enfants, pendant une leçon de botanique.

De Périgueux, où elle séjourne assez longtemps en septembre 1829, chez une de ses amies Félicie Mollier, elle donne à son mari, à ce moment à Paris, de curieux détails sur la vie agricole de la province. Elle a pris froid en route. Mais elle va mieux. Maurice est assez avancé pour lire déjà une lettre d'elle. Elle vient de l'écrire avec une plume d'or, qui n'en est pas meilleure pour cela et qui est si lourde que sa main en est tout engourdie. Elle ordonne à Casimir de s'amuser, d'aller souvent au spectacle, de faire surtout de bons dîners. Elle ne lui demande, comme cadeau de retour, qu'un chien, pas un chien de chasse ni de basse-cour, mais un chien entre le gros et le petit, trop gros pour être mis sur les genoux, mode fort sale et fort ennuyeuse, trop petit pour coucher dehors, courir au loin et revenir tout crotté. C'est un chien dont elle voudrait se faire une société dans son cabinet, soit un petit danois moucheté, soit un loup blanc ou gris, surtout pas de chien noir, ni à longue barbe, ni de chien de manchon, ni de roquet aboyeur. C'est un caprice de folle qui la tient depuis longtemps.

En 1830, elle est à Paris. Les seize lettres qu'elle écrit à son mari, installé à Nohant, mériteraient toutes qu'on les analysât. Jamais elle n'a mieux joui de sa liberté. Dans la première du 12 mai, elle a pris des glaces au Palais-Royal. Dans le vitrage de la voûte se reflétait un rayon de lune, qui, mêlé à la clarté des globes allumés, donnait l'illusion d'un palais de fée. Elle a entendu *Fra Diavolo*, dont la musique est très chantante, est allée, toujours avec Félicie Mollier, à Feydeau, puis à l'Odéon où on lui a assassiné Monaldeschi sous les yeux. C'est, paraît-il, du dernier genre. Elle commence à s'y habituer; car, chaque soir, elle est témoin d'une exécution, ou d'une pendaison, ou d'un suicide, ou tout au moins d'un empoisonnement, et ce, avec accompagnement de cris, de convulsions, de spasmes d'agonie. C'est charmant ! A son avis, le mauvais, le faux, le guindé ont envahi la scène et la littérature. Toutes ces pièces sont d'un goût détestable; le théâtre est en pleine décadence.

Puis, elle annonce que sur les instances de Zoé, elle va aller passer deux jours seulement à Bordeaux. Mais elle ne verra pas Aurélien qui est toujours à la campagne.

Le 23 mai, elle est de retour à Paris et donne à son mari d'amples détails sur l'emploi de son temps à Bordeaux. Naturellement elle a vu Aurélien et est allée avec lui se promener sur l'eau, bien que la rivière ait eu du roulis comme au lazaret de Blaye. Aurélien du reste est bien changé, bien vieilli. bien triste. Ce n'est plus qu'un parfait ami. Mais, en revanche, comme la nature était belle le long de la route suivie par la diligence. Elle a fait la moitié de la route à pied, courant après les papillons, cueillant des fleurs dont la campagne est embaumée. Jamais le Midi n'a été plus admirable qu'en ce moment. Suit la description d'une chapelle gothique à Angoulème, d'un charmant petit village près de Tours, puis enfin du parc de Rambouillet.

Les journées de juillet viennent de changer la face des choses. Aurore est toujours à Paris, et, dès l'hiver de 1831, installée définitivement dans sa mansarde du quai Saint-Michel.

Elle écrit, au 21 février, qu'elle n'a pas eu le temps d'aller entendre les Saint-Simoniens. Elle ne voit dans leur doctrine qu'une erreur impraticable. L'opinion générale en fait déjà justice. Mais elle arrive de la Chambre, où toute l'agitation politique s'est jetée. La séance a été des plus orageuses. La dissolution s'en suivra. C'est à la volonté nationale qu'on va en appeler. Les élections seront le dernier refuge des vrais amis de la liberté. Elle engage donc son mari à travailler l'opinion des électeurs sur lesquels il peut avoir quelque influence. Il faut conserver M. Duris-Dufresne qui siège à côté de Lafayette, de Tracy, de Salverte, d'Odillon Barrot, enfin de tout ce que la Chambre a conservé de pur dans son sein.

Elle lui apprend encore, dans une autre lettre, qu'elle travaille beaucoup, qu'elle a vu Delatouche, et qu'il doit la mener dimanche à l'Abbaye au Bois chez Madame Récamier. Delphine Gay y lira des vers, et elle y verra toutes les célébrités de l'époque. Elle termine un roman et est très occupée d'un article qui doit paraître dans la *Revue de Paris*. On lui offre d'entrer au *Figaro*, mais elle n'en veut pas.

Peu après, elle a vu le Napoléon de Dumas à l'Odéon, pièce pitoyable où Frédéric Lemaître est bien inférieur à ses autres créations. Mais elle vient d'entendre Madame Malibran dans *Othello*, et elle est sortie ravie. Elle l'a fait pleurer, frémir, souffrir enfin comme si elle eut assisté à une scène réelle de la vie. « Cette femme est la première gloire de l'Europe, belle comme une vierge de Raphaël, simple, énergique, naïve. C'est la première cantatrice et la première tragédienne. J'en suis enthousiaste. » Ce soir elle va à l'Opéra entendre *Moïse ;* demain elle ira au Gymnase, puis elle se reposera des spectacles et travaillera une quinzaine de jours. Elle aura, croit-elle, sous peu, l'occasion de rencontrer Casimir Delavigne. Si elle peut avoir son appui, elle sera à flot. Elle a du reste besoin d'argent. Elle prie son mari de lui en envoyer pour payer ses dettes. Il n'y a qu'un milieu entre mendier et payer, c'est la Morgue, qui est vis-à-vis de ses fenêtres, où elle voit tous les jours des gens, morts faute de vingt francs !

Aux beaux jours, Aurore prit le chemin de Nohant, où elle passa l'été de 1831. Les deux époux durent rentrer en décembre à Paris, mais Casimir pour peu de temps ; car, à la date du 26 décembre, sa femme lui demande s'il a fait un bon voyage, et s'il n'a pas eu trop froid. Quant à elle, elle a repris sa vie de stricte économie. Ce n'est pas tous les jours fête, comme au temps du séjour de son mari, qui a été pour elle « un vrai temps de bombance et de débauche » dont elle le remercie.

Une très curieuse lettre est celle où, le 31 décembre 1831, elle dépeint Paris ravagé par le choléra. Elle a soin de donner à son bon vieux Casi de multiples conseils pour qu'il évite la terrible maladie, « qui frappe principalement les ivrognes ». Elle en a eu une légère attaque. Du thé bien chaud et de la laine ont suffi pour l'en débarrasser.

Puis, le 7 juin 1832, c'est le récit d'une émeute dont les péripéties se sont déroulées sous sa fenêtre, où l'on s'est battu depuis huit heures du soir jusqu'à minuit. Au moment où elle écrit, on amène les cadavres à la Morgue par charretées. L'émotion l'a rendue malade; elle est brisée.

Nous arrivons à 1833, l'année, on le sait, de la liaison de George Sand avec Musset, du voyage en Italie, du coup de folie romantique, ainsi que l'écrit si justement M. René Doumic. George Sand, qui, par ordre de sa belle-mère, n'a plus le droit « de compromettre son nom en *le mettant sur les cou-* « *vertures de livres imprimés* », vient de prendre ce pseudonyme, aprés la publication de son premier roman *Rose et Blanche*, en collaboration avec Jules Sandeau. Elle a 29 ans. Elle a publié *Indiana*, *Valentine*, et *Lélia*. Elle réunit en elle toutes les séductions de la femme, tous les attraits de la célébrité. Comment résister à ses charmes, surtout quand on n'a que vingt-trois ans, qu'on est aimable, spirituel, audacieux, et par-dessus tout poète, comme l'est Alfred de Musset. Ils s'aimèrent, se le dirent au mois d'août de cette année, et, aprés une assez courte apparition à Fontainebleau, décidérent d'aller admirer ensemble les beautés de l'Italie.

On pourrait croire qu'Aurore ait été tant soit peu gênée

pour apprendre à son mari cette fugue amoureuse. Pas le moins du monde. Le samedi 30 novembre, elle lui annonce, avec la plus placide tranquillité, son départ pour l'Italie, où elle va passer l'hiver, à seule fin de guérir les rhumatismes dont elle est abîmée. Elle déposera, en passant, Solange à Nohant, qu'elle reprendra au printemps. Quant à Maurice, elle le confie à Papet qui est doux, tranquille, gai avec les enfants et d'une obligeance extrême.

Mais, le 9 décembre, son itinéraire est changé. Elle ne passera plus par Nohant; mais elle enverra Solange accompagnée de sa bonne. Et, le 12, s'il lui arrivait en route le hasard de se casser le cou, elle prie son mari de faire honneur à ses engagements et de payer quelques petites sommes à ses fournisseurs. Elle espère qu'il n'aura pas cette peine et qu'elle rapportera ses os.

Le même jour, 12 décembre 1833, les deux amants quittèrent Paris. Nous ne les suivrons pas dans ce voyage dont la narration a fait couler tant d'encre et a été définitivement écrite par M. Charles Maurras dans son livre *Les Amants de Venise* et par Madame Arvède Barine dans sa *Biographie d'Alfred de Musset*. Citons simplement les cinq lettres qu'elle eut encore le courage d'écrire, d'au-delà des monts, à son mari.

La première est du 5 mars 1834. Elle est datée de Venise. On sait que, arrivés le 19 janvier dans cette ville et installés à l'hôtel Danieli sur le quai des Esclavons, Alfred de Musset y tomba malade et fut presque à la mort. George Sand le soigna avec un dévouement de mère. Le 5 mars, il était sauvé. Naturellement Aurore n'en dit rien à son mari. Elle lui parle d'elle, de sa propre maladie, de sa convalescence. Elle est guérie, elle se promène tout le jour en gondole et, le soir, elle va au théâtre, où elle a entendu Madame Pasta. Comme elle se plaît beaucoup ici, que Venise est la plus belle ville de l'univers, que la vie y est charmante et à bon marché, elle y demeurera encore un mois ; puis elle rentrera à Paris par Genève et ira passer l'été à Nohant.

La seconde lettre est du 6 avril. Le drame a eu lieu dans

l'intervalle. Musset a surpris l'infidélité de sa maîtresse avec le jeune docteur Pagello qui l'avait sauvé. Il leur a pardonné, les a même unis ! puis, il est parti le 29 mars, mais la mort dans l'âme, le désespoir dans le cœur.

George Sand est restée seule avec son nouvel amant. Elle a beaucoup souffert. Rien cependant n'y paraît dans la lettre qu'elle adresse, à ce moment, à son mari.

Si elle a des caprices, comme il le lui reproche, du moins lui n'en souffre pas. Qu'il se contente de gronder Maurice de ce qu'il ne lui écrit pas. Elle ne veut pas que son père cherche à lui enlever l'affection qu'il a toujours eue pour elle. Ce serait un crime que de vouloir lui ravir l'estime de son enfant. Elle a vu Vicence, Bassano, Feltre, tous ces lieux célèbres par les victoires de nos armées; mais les villes et les campagnes portent encore les traces de nos ravages. (Voir pour plus amples détails ses *Lettres d'un Voyageur.*)

Toujours à Venise, elle écrit, le 1er juin, une lettre charmante à sa fille Solange, la consolant de son absence, lui promettant son prompt retour, l'encourageant à travailler, lui jurant de ne la plus quitter; puis, le 8 juillet, toujours de la même ville, à son mari, quelques lignes dont Maurice fait tous les frais; enfin, le 30 juillet, une dernière, de Milan, où elle lui décrit les sites admirables de la Lombardie, le lac de Garde, le lac d'Iseo, les Alpes « où elle chercha en vain une nature aussi extraordinaire et aussi pittoresque qu'aux Pyrénées », et où elle annonce son retour par le lac Majeur, le Mont-Blanc et l'hospice du mont Saint-Bernard. Elle s'extasie aussi devant la merveilleuse cathédrale de marbre blanc, les richesses artistiques du Musée, les splendeurs de l'Italie. Mais elle s'arrête brusquement, pensant que Casimir est insensible à toutes ces beautés. Et elle clôt sa lettre en lui vantant la richesse agricole de la Lombardie, où, douce ironie ! « une vache, lui apprend-elle, rapporte au moins un franc par jour, tous frais payés ! »

La précieuse correspondance de George Sand avec son mari est restée inédite. Elle contient près de quatre-vingts lettres qui, presque toutes, mériteraient enfin de voir le jour.

La dernière, de cette première série, est datée du jeudi 22 août 1834.

Deux ans après, les époux Dudevant s'intentaient un procès en séparation de corps. Dans son *Histoire de ma Vie* George Sand en a longuement raconté toutes les phases. Nous y renvoyons nos lecteurs. Disons seulement que deux jugements du tribunal de 1ʳᵉ instance de La Chatre, l'un du 16 février 1836, l'autre du 11 mai suivant, prononcèrent la séparation en faveur de Madame Dudevant et lui attribuèrent l'éducation et la garde de ses enfants. Son mari fit appel devant la Cour de Bourges ; l'affaire fut plaidée les 25 et 26 juillet de cette même année ; mais, avant que l'arrêt ne fût rendu, Casimir se désista, avide de repos. La Cour donna acte de ce désistement, et le jugement de La Chatre reçut son plein et entier effet.

IV

Après la Séparation.

Peu de temps après la séparation des deux époux, un fait se produisit, qui rentre dans le cadre de notre étude et par lequel nous la terminerons, en en rappelant tous les détails.

Tout marcha bien pendant la fin de l'année 1836 et le commencement de la suivante. Aurore continuait à vivre à Paris et à Nohant ; Casimir à Guillery, où il recevait assez souvent la visite de ses enfants.

Au mois de septembre 1837, George Sand apprit brusquement que son mari se disposait à les lui enlever et à les garder avec lui, contrairement au jugement du tribunal. Sa mère, Mᵐᵉ Dupin, était à ce moment mourante. Ne pouvant la quitter, elle expédia un ami sûr à Ars où se trouvait Maurice, et le chargea de conduire l'enfant à Fontainebleau. Sa mère morte, Aurore court vers cette ville et passe deux jours avec lui. Mais elle apprend en même temps que son mari était allé à Nohant et, n'y trouvant pas Maurice, avait emmené Solange. George Sand n'hésite pas. Elle rentre à Paris avec

Maurice, qu'elle confie à M. Louis Viardot, va trouver le ministre, se met en règle, prend une chaise de poste et, aecom-
pagnée du maître clerc de son avoué, M. Vincent, et de son
ami Mallefille, elle arrive, courant nuit et jour, à Nérac, où
elle va frapper à la porte de la sous-préfecture, occupée à
ce moment par M. Haussmann.

Le récit qu'a fait de cette aventure celui qui devait plus
tard métamorphoser merveilleusement Paris, « le *grand baron* », ainsi que l'appelaient ses intimes, est trop piquant,
pour que nous ne lui laissions pas la parole et ne reproduisions pas, in extenso, ce passage, si curieux pour nous, de ses
intéressants mémoires.

« ..... J'avais été présenté jadis par M. le marquis de Lusignan à Mme la baronne Dudevant, veuve d'un colonel du
premier Empire, beau-père de la femme de lettres, justement
illustre, qui, sous le pseudonyme de George Sand, publia
tant d'écrits universellement admirés.

« La baronne Dudevant, issue d'une noble et riche famille
de l'Anjou, vivait seule avec une dame de compagnie, trés
mûre comme elle, au château et sur le domaine de Guillery,
sis commune de Pompiey, au delà de Barbaste, à la bordure
de la zone couverte de chênes-lièges, où commencent les
petites Landes, dont elle jouissait par testament du défunt
colonel; jusqu'au décès de cette respectable et très aimable
douairière, je m'arrêtais chez elle d'habitude, soit à l'aller,
soit au retour de Houeillès ou de Casteljaloux, dont les routes se bifurquaient justement devant son château (1).

« J'y dinais d'ailleurs presque toutes les semaines.

---

(1) Le baron Haussmann ne voit pas du même œil que G. Sand la baronne
Dudevant. Elle vivait encore en 1836, bien que deux ans avant, en 1834, elle
eût abandonné à son beau-fils Casimir la terre de Guillery, qu'elle tenait de
la libéralité de son mari. La baronne Dudevant mourut à Guillery, au mois
d'août 1837, un mois avant le voyage de George Sand. « Que Dieu fasse
paix à cette malheureuse femme ! Elle avait été bien coupable envers moi,
écrit cette dernière, bien plus que je ne veux le dire. Faisons grâce aux
morts ! Ils deviennent meilleurs, je l'espère, dans un monde meilleur. Si
les justes ressentiments de celui-ci peuvent leur en retarder l'accés, il y a
longtemps que j'ai crié : Ouvrez-lui, mon Dieu ! »

« A défaut d'enfant de son union avec le colonel, la baronne Dudevant avait toléré, par bonté d'âme, l'installation et l'éducation, dans le domicile conjugal, d'un fils naturel de celui-ci, né précédemment de quelque pastoure ou fille de service, qu'il réussit à faire accepter comme époux de Mlle Aurore Dupin, de Nohant (Indre), descendante irrégulière du maréchal de Saxe, mais fortunée : Mme George Sand.

« Quand, après son mariage, cette jeune femme vint demeurer à Guillery, elle ignorait, paraît-il, que la baronne ne fut pas sa belle-mère. C'est par le bavardage d'une servante qu'elle sut la basse extraction de son mari. De plus, toujours suivant son dire, ce dernier, chassant de race, montrait les goûts peu distingués qu'avait eus le baron, son père, dans ses amours très éclectiques, — à l'exemple du jeune roi de Navarre. — Il était d'ailleurs grossier, brutal même envers sa jeune femme, et (pour ce dernier motif, qu'après des vicissitudes d'existence inutiles à mentionner elle invoqua), fut prononcé contre le mari, qui s'en défendait, un jugement de séparation de corps, laissant à la mère la garde de leurs deux enfants. Je fus très surpris, sans le laisser voir, lorsque Mme George Sand m'apprit cette particularité.

« La pauvre baronne Dudevant morte, le fils du baron qui portait déjà son titre et dont, je le suppose, la situation et les droits héréditaires avaient été régularisés d'une façon quelconque, prit possession de Guillery pour en faire sa résidence.

« Il s'y trouvait depuis quelque temps et venait d'être investi des modestes fonctions de maire de Pompiey, jadis exercées par son père, quand se produisit, tout à coup, l'incident que voici.

« Un matin, comme je faisais ma toilette, de très bonne heure selon mon habitude, j'entendis le fracas d'une calèche de poste qui s'arrêtait sur la place d'armes, devant la sous-préfecture. On me remit bientôt une carte portant le nom d'un avoué de Paris. Je m'empressai d'aller le recevoir dans mon cabinet. Il m'annonça qu'il accompagnait Mme la baronne Dudevant, plus connue sous son nom littéraire de

George Sand, autorisée par une ordonnance de référé du président du tribunal civil de la Seine, M. Debelleyme, à rechercher et à reprendre sa fille Solange, — depuis Mme Clésinger, — enlevée de Nohant pendant son absence par le baron, qui devait l'avoir conduite à Guillery, mais qu'on soupçonnait du dessein de l'emmener en Espagne, pour la soustraire à l'action de la justice française.

« Comme je lui demandais en quoi cette affaire pouvait me concerner, il me remit une lettre écrite de la main du ministre de l'Intérieur, m'invitant à prêter mon concours le plus entier à l'entreprise de Mme George Sand, et un billet de ma sœur, Mme Artaud, me priant d'accueillir cette mère désolée, comme une amie littéraire de son mari.

« Je commençai par me rendre auprès de l'amie de mon beau-frère, et la prier de venir se reposer chez moi. Je la remis aux soins de ma ménagère ; puis, je courus avec son avoué chez notre Procureur du Roi, pour lequel il avait une lettre du Garde des Sceaux, et que nous prîmes au saut du lit (1). Malgré sa répugnance visible à procéder contre un grand propriétaire du pays, il ne put se dispenser de mander un huissier audiencier auquel il remit la réquisition écrite, que celui-ci réclama, de prêter son ministère à l'exécution de l'ordonnance de référé de Paris, en se faisant assister au besoin par la force publique.

« J'avais eu soin d'envoyer prévenir le lieutenant de gendarmerie, et, dès notre retour à la sous-préfecture, nous le trouvâmes prêt à partir avec une brigade.

« L'expédition se mit en mouvement, sans retard et bon train, grâce à la calèche de poste attelée de chevaux frais.

« Bientôt, Mme George Sand ne pouvant plus contenir son impatiente agitation, me demanda de faire préparer ma voiture, pour qu'elle pût aller recevoir sa fille, dès que l'huissier porteur de pièces, accompagné par son conseil, en aurait, avec ou sans l'aide de son escorte, obtenu la remise. Je pris

____

(1) C'était M. Charles Laffitte, nommé récemment à cette fonction près le tribunal civil de Nérac.

le parti de la suivre, afin de prévenir les complications auxquelles son intervention pourrait donner lieu.

« En route, elle me dit le but probable de l'acte de son mari : ce devait être de la contraindre à maintenir la pension alimentaire qu'elle lui servait depuis leur séparation, et qu'elle se refusait à continuer désormais, en se basant sur la fortune considérable dont il avait hérité de son père.

« Au moment où nous arrivâmes devant la grille de Guillery, l'huissier achevait d'accomplir son mandat. Il en était temps ; car on avait fait demander des chevaux au maître de poste de Pompiey, qui s'apprêtait à les envoyer au château, quand un gendarme vint le lui défendre.

« Mme George Sand, descendue de voiture, voulait courir au devant de Solange, qu'elle voyait au fond de l'avenue entre son père et l'huissier, se dirigeant vers la route. Je l'en empêchai. Séparée de corps, elle ne devait pas franchir le seuil du domicile de son époux ; il lui fallait attendre en deçà.

« Le baron Dudevant tenait l'enfant par la main. Il dit en la remettant à la mère : « Madame, je dois céder à la violence « qui m'est faite ! » — « Monsieur, interrompit-elle, je n'ai « jamais refusé de vous laisser voir votre fille ; mais vous « avez voulu me la ravir, et j'ai dû régler ma conduite d'après « la vôtre. » — Je m'avançai pour dire au baron : « Mon « sieur, je suis ici, conformément à des instructions reçues « directement de M. le Ministre de l'Intérieur, ce matin « même, pour m'assurer de l'accomplissement régulier, qui « vient d'avoir lieu, d'une décision de justice. Je vous de « mande la permission d'arrêter un débat aussi pénible « qu'inutile. »

« Au retour, à peine en voiture, Solange, me montrant du doigt à sa mère, demanda : — « Qu'est-ce que celui-là ? » — « Puis, elle se prit à me tutoyer !

« Pour faire honneur aux recommandations de ma sœur, je mis à la disposition de Mme Sand et de sa suite les meilleurs logements dont je pusse disposer dans ma sous-préfecture. Elle y demeura deux jours à se remettre de ses émotions, et revit, à ma table et dans mon salon, les personnes de Nérac qu'elle avait connues et qui, désireuses de saluer sa gloire littéraire, se montrèrent empressées auprès d'elle (1).

« Bien reposée, elle conçut l'idée de faire une pointe sur les Pyrénées, que son avoué ne connaissait pas.

« En revenant de cette excursion, elle s'arrêta deux autres jours chez moi ; ensuite je la conduisis à Agen, où je dus la présenter à mon Préfet, désireux de la voir (2), et elle reprit la route de Paris.

« Il me faudrait, ajoute le baron Haussmann, un chapitre entier pour résumer l'ensemble de mes conversations, très intéressantes et très curieuses, avec cette femme remarquable, assez différente, me sembla-t-il à certains égards, de ce qu'elle voulait paraître, et systématiquement révoltée contre la société, pour ne pas se déjuger, plutôt que pour obéir à des convictions bien profondes.

« Elle avait été fort étonnée de rencontrer, cantonné derrière les murs d'un vieux monastère de ce fond de province, dans un petit appartement coquet, fleuri, bien modeste malgré tout, vivant intellectuellement de la vie parisienne, au milieu d'occupations des plus réalistes, un jeune fonction-

---

(1) Cette phrase du baron Haussmann ne concorde guère avec le dire de M. Lesueur de Perès, qui reflète cependant aussi exactement que possible l'opinion d'alors des gens du pays : « La sensation, écrit-il, après « avoir raconté à peu près de la même façon le voyage de G. Sand à Guil- « lery, produite par cette exécution sans précedent d'une décision judi- « ciaire, fut considerable dans le pays et determina en faveur de M. Dude- « vant un sentiment de sympathie qui lui a eté fidèle jusqu'à sa mort. »

(2) Le Préfet de Lot-et-Garonne etait alors M. Adrien Brun, homme aimable, poli, très teinté de litterature et poète à ses moments perdus. Il jouissait, tant dans la ville que dans la haute société d'Agen, d'une estime générale. Son salon était des plus recherchés: les fêtes qu'il y donnait, empreintes de bon ton et de bon goût. Voici le portrait qu'en trace le baron Haussmann lui-même : « M. Adrien Brun était un homme instruit; de bonnes fa- « çons, de caractère froid, de santé délicate; peu fait pour la vie publique. « Il aimait son interieur et il en avait toute raison; car il devait à sa femme, « d'une famille protestante de Bordeaux, comme lui, très belle et très ex- « cellente personne, deux charmantes filles, toutes petites alors, mariees, « sous l'Empire, à deux sous-prefets, qui devinrent préfets à leur tour : « M. Garnier et M. le baron de Saint-Priest. Mais il montrait peu de goût « pour l'administration, préférait son jardin, dont il s'occupait beaucoup, à « son cabinet, où rien ne captivait son esprit, et donnait le plus de temps « possible à la poésie, à la miniature et à son piano. »

naire capable de lui tenir tête sur beaucoup de questions philosophiques, religieuses, politiques ou sociales, et ne se lassait pas plus de nos causeries, changeant de sujets à tout propos, que d'observer mon installation et mes habitudes d'existence.

« Ce dont elle ne revenait pas, c'est que je pusse rester chrétien sincère et vivre en homme du monde comprenant toutes les élégances, en artiste, ami du bien comme du beau.

« Mme Sand accusait alors plus de trente ans. Petite de taille, très brune de cheveux, avec un profil et un teint espagnols, elle était visiblement dépourvue de toute coquetterie, et j'ose dire que, par cette raison ou par l'effet du travail constant de sa pensée, elle manquait, à mes yeux, de tout charme féminin.

« Je la plaisantais sur l'affectation qu'elle mettait à fumer, lorsqu'elle ne consommait, en fin de compte, que du tabac d'Orient parfumé, en cigarettes imperceptibles, allumées au moyen d'un briquet-bijou, qui tirait des étincelles d'une agate.

« Parodiant un mot de Pie VII à Napoléon 1er, je lui disais, dans un de ces moments-là, « *Commediante !* », sauf à lui dire « *Tragediante* » à la fin d'une de ses déclamations socialistes.

« Au départ, elle me donna son briquet élégant, à moi qui ne fumais pas ! — « Est-ce une épigramme ? », lui demandai-je en riant. — « Lorsque vous viendrez me voir à No-« hant, me répondit-elle, je vous donnerai le reste, un « narghilé ! La fumée fraîche, à l'eau de rose, voilà bien votre « affaire.. » — C'était complet. — « Vous dites peut-être en-« core plus vrai que vous ne le pensez » répliquai-je, sans m'en émouvoir davantage.

« Nous échangeâmes, pendant quelques temps, des lettres amicales. Mais, je n'allai pas à Nohant. Une fois, à Paris, je sus qu'elle était chez Mme Mariani, femme du consul d'Espagne. Je m'y présentai ; je ne fus pas reçu. Le lendemain, me parvint une lettre de regrets, se terminant par ces mots : « — Je suis visible, comme les étoiles, de minuit à quatre « heures du matin. » Je répondis : « C'est votre droit de vivre

« à la façon des étoiles, vos sœurs. Quant à moi, je n'ai
« qu'une seule ressemblance avec le soleil : c'est de me cou-
« cher le soir pour me lever le matin. »

« Sur une invitation de Mme Mariani, j'acceptai cependant
un dîner où se trouvaient, entre autres célébrités malsonnan-
tes, l'abbé de Lamennais, Pierre Leroux, Michel (de Bourges)... On appelait mon illustre amie « George » tout court;
on la tutoyait !

« Après 1848, lorsqu'elle était toute puissante au ministère
de l'Intérieur auprès de Ledru-Rollin, elle s'informa de moi,
chez mon beau-frère, et je la fis remercier de son bon vouloir. On verra plus loin ce que je faisais alors.

« A l'hôtel-de-ville de Paris, j'accueillis volontiers plusieurs
de ses recommandations.

« La dernière fois que je la vis, — pendant la répétition générale d'une de ses pièces au Vaudeville, je crois, — elle était
bien vieillie; mais elle avait toujours présent, comme du
reste ses Mémoires en font foi, son bon souvenir de la sous-
préfecture de Nérac. »

De son côté, voici comment George Sand raconte elle-
même son odyssée à Guillery :

« J'arrivai à Nérac; je courus chez le sous-préfet,
M. Haussmann, aujourd'hui préfet de la Seine. Je ne me rappelle pas s'il était déjà le beau-frère de mon digne ami M. Artaud. Ce dernier a épousé sa sœur. Je sais que j'allai lui demander aide et protection et qu'il monta sur le champ dans
ma voiture pour courir à Guillery, qu'il me fit rendre ma fille
sans bruit et sans querelle, qu'il nous ramena à la sous-préfecture avec mes compagnons de voyage, et qu'il ne voulut
pas nous permettre de retourner à l'auberge ni de partir,
avant deux jours de repos, de paisibles promenades sur la
jolie rivière de Baïse, et le long des rives où la tradition place
les jeunes amours de Florette et de Henri IV. Il me fit dîner
avec d'anciens amis que je fus heureuse de retrouver, et je me
souviens que l'on causa beaucoup philosophie, terrain neutre
en comparaison de celui de la politique, où le jeune fonction-

naire ne se fût pas trouvé d'accord avec nous. C'était un esprit sérieux, avide de creuser le problème général; mais un savoir-vivre exquis l'empêcha de soulever aucune question délicate.

« Je me souviens aussi que j'étais si peu versée dans la philosophie moderne à cette époque, que j'écoutai sans trouver rien à dire et qu'au retour je disais à mon compagnon de route : « Vous avez discuté avec M. Haussmann sur des matières où je n'entends rien du tout. Je n'ai, par rapport aux choses présentes, que des sentiments et des instincts. La science des idées nouvelles a des formules qui me sont étrangères et que je n'apprendrai probablement jamais. Il est trop tard. J'appartiens par l'esprit à une génération qui a déjà fait son temps.» Il m'assura que je me trompais, et que, quand j'aurais mis le pied dans un certain cercle de discussion, je ne pourrais plus m'en arracher. Il se trompait aussi un peu, mais il est certain que je ne devais pas tarder à m'y intéresser vivement.

« Huit mois se passèrent encore avant que j'eusse la tranquillité nécessaire à ce genre d'études. »

— Le voyage, de 1836, à Nérac et à Guillery ne fut pas le dernier que fit George Sand en Gascogne. Elle y revint encore une fois en 1865, mais dans des conditions aussi douloureuses pour elle que pour son mari.

Trente ans s'étaient passés. Maurice était marié. Il avait épousé une Italienne, la fille du graveur Calamatta, charmante jeune femme, douée de toutes les qualités d'esprit et de cœur, qui le rendit père d'un garçon, dont la frêle santé avait nécessité le départ du jeune ménage pour le Midi, et un séjour assez prolongé dans les bois de pins de Guillery, où du reste se rendait souvent Maurice, qui avait conservé avec son père d'excellentes relations et affectionnait particulièrement ce joli coin des Landes du Lot-et-Garonne.

L'état de l'enfant cependant ne s'améliorant pas, malgré les soins assidus du docteur Monthus, de Lavardac, une dépêche fut lancée à Nohant, prévenant sa grand-mère de l'état

grave du fils de Maurice. George Sand immédiatement aceou-
rut; mais elle arriva trop tard.

« L'enfant était mort dans la nuit, nous écrit une aimable
correspondante qui désire garder l'anonyme, et qui, voisine
de Guillery, quoique alors fort jeune, fut témoin de ce drame
poignant. Maurice et sa femme, (dont elle était l'ombre), ac-
cablés de douleur et de fatigue, s'étaient retirés dans leur
chambre pour prendre un peu de repos. Je me promenais avec
M. Dudevant devant le château, quand un bruit de voiture vivement menée, et aussi de grelots, me fit regarder la route.
Une voiture de poste, attelée à la Daumont, arrivait et s'arrêtait devant nous. Deux messieurs descendirent d'abord, s'in-
clinant profondément et tellement bas que je me demandai
quelle princesse allait à son tour descendre. C'était bien, en
effet, une femme qui apparut, moyenne de taille, un peu forte,
coiffée d'un chapeau de feutre encadrant de beaux bandeaux
blancs. Elle descendit à son tour, sembla s'orienter et chercha à se reconnaître.

« Je retenais M. Dudevant qui voulait s'échapper; car j'eus
l'intuition que c'était Madame Sand en personne qui se trouvait devant nous. Elle se retourna soudain de notre côté et
vint à moi. « Madame X..., dit-elle ? — Oui, madame. —
Comment va mon bébé ? » J'étais fort troublée; mes yeux se
remplirent de larmes, pour toute réponse. — « J'amenais un
médecin d'enfants, cria-t-elle, et j'arrive trop tard ! Où est
mon fils et Lina ? Je veux voir l'enfant. » J'appelai alors
M. Dudevant, resté à l'écart avec les deux messieurs. « Casimir, dit-elle ! » Et sans hésiter, elle l'embrassa à plusieurs re-
prises et éclata en sanglots. Je l'amenai auprès du pauvre enfant, que sa mère et moi avions entouré de fleurs et couvert
de roses. Elle le prit dans ses bras, et pleura longuement.

« Le lendemain eurent lieu les funérailles. Un pasteur pro-
testant de Nérac vint présider la cérémonie. Il y eut un déjeuner à Guillery, où assistèrent quelques amis du baron.
J'étais la seule dame étrangère avec Mesdames Sand et Maurice Sand; car M. Dudevant vivait seul et ne recevait guère de
dames chez lui. A ce déjeuner, assez triste, on peut le penser,

j'etais placée à côté de Madame Lina Sand. Je voulais savoir quels étaient les deux messieurs qu'avait amenés Madame Sand. Je le demandai à mon aimable voisine qui me répondit, malgré sa tristesse, que l'un était le médecin, un savant dont j'ai oublié le nom. L'autre, petit, l'air malade, avec de grands yeux noirs, m'intriguait davantage. J'étais trop jeune et trop inexpérimentée pour réprimer ma curiosité. Je n'eus cependant le mot de l'énigme que bien des années après, à la mort de George Sand, quand ses enfants me dirent que ce personnage avait une bonne part dans la succession de leur mère... (1). »

Cette visite de George Sand est la dernière qu'elle ait faite à Guillery.

Les rapports entre les deux époux, qui ne se sont pas revus depuis, continuèrent cependant longtemps encore, mais de loin, motivés surtout par la lutte ardente qui s'engagea entre eux au sujet de la vente de Guillery.

La situation pécuniaire de M. Dudevant était détestable. Pour faire face aux engagements qu'il avait contractés, aux legs onéreux et viagers dont il était chargé, à ses nombreuses dettes personnelles, il dut, bien à regret, mettre en vente le domaine familial; ce que n'admettait pas sa femme, qui ignorait la plupart des dettes de son mari.

De là, « une lutte pacifique en la forme, mais ardente au fond », et un échange de lettres, qui, au dire de M. Lesueur de Pérès, en la possession duquel elles se sont trouvées également, sont « de véritables modèles de genre. Elle s'y exprime, dit-il, comme un homme d'affaires accompli, dans un style qu'aucun homme d'affaires n'a jamais connu. Elle y déploie la passion de la mère, la souplesse de la femme qui

---

(1) C'était, croyons-nous, A. Manceau, l'artiste lui-même qui a gravé le beau portrait de George Sand par Th. Couture, reproduit par nous en tête de cette étude. — Ces derniers et précieux renseignements, entièrement inédits, nous les devons à l'obligeance de Mademoiselle Magdeleine de Lanartic, l'auteur du charmant volume de poésies *La Force de la Vie*, qui a bien voulu les demander pour nous a sa fidèle amie Madame X... et nous les adresser aussitôt. Que toutes deux veuillent bien agréer ici l'hommage de notre respectueuse gratitude.

veut arriver à ses fins, l'habileté de l'avocat qui veut gagner sa cause, l'inimitable talent de l'écrivain consommé.

« Vains efforts et peines perdues ! Guillery fut vendu en 1867, et il devait l'être. Le prix en est revenu en majeure partie aux enfants de M. et de Mme Dudevant. »

Le domaine de Guillery fut alors acheté par M. Herman de Faulong. Il est passé depuis entre les mains de M. Fromenteau, qui ne l'a gardé que quelques années. Il est devenu enfin la propriété de M. Jules Nismes, négociant à Pont-de-Bordes, qui le possède encore aujourd'hui.

Casimir Dudevant, à peu près ruiné, se retira, après la vente de Guillery, dans une petite maison de Barbaste qu'il habita jusqu'à sa mort, survenue le 8 mars 1871. On sait que George Sand est morte à Nohant, cinq ans après, le 8 juin 1876.

Notre étude serait, croyons-nous, incomplète, si nous ne reproduisions pas, en la terminant, le sonnet que Faugère-Dubourg a consacré à Guillery, à la page 227 de son curieux et rare volume : *La Guirlande des Marguerites* :

GEORGE SAND.

Elle a passé par là ! Si tu vis dans l'histoire,
C'est grâce au souvenir qui t'est cher, Guillery;
L'immortel écrivain, l'oracle du Berry,
George Sand, te revêt d'un rayon de sa gloire.

Son premier livre est né sous ton modeste abri.
La Lagüe, où, le soir, les écureuils vont boire,
A vu flotter au vent sa chevelure noire;
Devant son œil de feu les daphnés ont fleuri.

Comme un nid garde encor la moiteur de la plume,
Lorsque depuis longtemps l'oiseau s'est envolé,
Guillery garde aussi de ce génie ailé

La chaleur du foyer où notre âme s'allume;
Et les grands pins, pleurant celle qui s'en alla,
Soupirent avec nous : Elle a passé par là !